虹色の翼王は黒い孔雀に花嫁衣装をまとわせる
Kazuya Nakahara
中原一也

CHARADE BUNKO

Illustration

奈良千春

CONTENTS

# 1

吸いつくような肌だ。

生暖かい息とともにそう漏らされた言葉は、青年にとって悪臭を放つゴミと同じだった。重ねれば重ねるほど匂いはきつくなり、吐き気を伴う。眉根を寄せるほどの嫌なものだが、生きていくためにはもう少し我慢していなければならない。

「報酬を増やそう。低危険種の中にはごく稀に君のような美しい子が生まれると聞いているが、まさかこれほどとは」

「ありがとうございます。母が病気で……助かります」

客が懐に持つ財布の厚みを知っている青年は、心の中でほくそ笑んだ。初心な少年の態度で本性を覆い隠すのは、得意とするところだ。

まなじりに浮かぶ鋭さから、見る者が見れば青年がただの母親思いの貧しい家の人間ではないとわかるが、身分を保障され、安泰という生ぬるい湖に漂うだけの愚かな男は気づきもしない。ベストのボタンがはち切れそうになっているにもかかわらず、恋物語の主人公のように恥ずかしい台詞（せりふ）を叩（たた）き売る。

「黒曜石（こくようせき）の瞳に見つめられると……わたしが映っているのかと思うと、年甲斐もなく胸が高鳴る。我を失いそうになるよ」

青い瞳の客は青年の頬（ほお）に手を添え、親指でそっと撫（な）でながらさらに続けた。

「鼻筋にも気品を感じる。唇は薔薇（ばら）の花弁のようだ。その赤い唇でわたしの唇を吸ってくれるかね？　いや、いきなりは恥ずかしいだろう。急（せ）いてしまうのはわたしの悪い癖だ」

「はい。こういうことにはあまり慣れていないので……」

鳥肌が立ちそうだが、ここで客を逃（の）がしては元も子もない。もう少しの辛抱だ。

「君の美しさは、絶滅危惧I種（CR+EN）と言ってもいいくらいだ。濡（ぬ）れ羽色の髪がこれほど美しいとは。羽もさぞ見事なのだろう。どれ、見せてくれるかね？」

「もちろんです」

躰（からだ）をまさぐるいやらしい手から逃れられるなら、なんでも見せてやる。

青年はベッドから降り、シャツのボタンを外してそろりと脱いだ。そして靴も脱ぎ捨て、素足で絨毯（じゅうたん）の上に立つ。足の裏に触れるゴブラン織の柔らかさが心地いい。

全裸になった青年は両腕を広げ、もう一つの姿を解放した。

「……ッふ」

全身が微（かす）かに震え、それは四肢へと伝わる。両腕は黒く艶（つや）やかな羽で覆われ、さらに翼ていく。

へと形を変えた。客が息を吞んだ音にコトが上手く運んでいると確信しながら全貌を晒していく。

髪を掻き分けるように冠羽が出現し、裸の脚は鋭い爪のある鳥のそれへと変形した。指は前に三本、後ろに一本。膝辺りまでの皮膚は硬い。太股から上は黒い羽で包まれ下腹部周辺を覆っているが、羽が生えているのはそこまでで胸板や腹、背中の辺りは人間の肌が露出したままだ。

尻にも羽はなくつるんとしているが、腰の周辺から生えた尾羽やその上の上尾筒と呼ばれる長い羽で覆い隠されている。これが鳥人の一番の特徴だ。

「おお、なんと。翼の色が瞳に出るというが、瞳に負けずとも劣らない美しさだ。まさか君のような階級にこれほど見事な羽を持つ者がいようとは。しかも、上尾筒がここまで発達しているなんて信じられん」

「ですが災いをもたらす黒です。あなたの階級の中には気味悪がる方もいるはず」

「昔の価値観に囚われている愚か者のたわごとだ。そんなことより早く広げてみてくれ」

促されるまま、腹に力を籠めて上尾筒を扇状にした。眼状斑と呼ばれる目玉模様は虹色ではなく黒と濃いグレーのモノトーンで、銀のラメを施したようにキラキラとした輝きを放っていた。客が言ったとおり、青年の階級で上尾筒がここまで発達している者はほとんどいない。

黒、または焦げ茶色の羽を持つ鳥人は繁殖力が強く数こそ多いが、見た目には恵まれていない者ばかりだ。こうして翼を晒しても短く、眼状斑も小さくて見栄えがしないため鳥人の姿を見せたがる者は少なかった。

自分が常識を覆す存在だという自覚はあるが、それを嬉しいとは思わない。だが、生きるためには利用できる。

「美しい……。これを……わたしが一晩、……いいように……できる、……とは」

客の口調が変わった。

やっと効いてきたか。

瞼が徐々に下がっていくのが見て取れ、微笑を浮かべた。飲み物に混ぜた薬の効きが遅くて少々焦ったが、あと数秒も経たないうちに強烈な睡魔の腕に抱かれるだろう。

「はやく、……こちら、へ……」

言葉はそこで途切れた。ベッドに倒れ込んだのを見て近づいていく。人間の姿に戻ると、鼻先を指で弾いた。フッと息を吹きかけても反応はなく、完全に眠ったことを確認する。

「ご苦労さん。ったく、鼻の下伸ばしやがって。絶滅危惧IB種のエロ爺」

悪びれもせずそうつぶやき、急いで脱いだものを身につけると客の上着の内ポケットを探って財布を取り出した。ざっと数えても紙幣が四十枚はある。収穫は十分だ。

「やっぱり持ってんじゃねぇか。最初から奮発しろって」

ポケットに金を突っ込み、宿屋を出ていく。石畳が濡れているが、先ほどまで降っていた雨は上がっていた。ガス灯の光が柔らかく道を照らしている。道の両側には石造りの建物が並んでいて、窓からオレンジ色の光が漏れていた。今の時間に開いているのはパブか宿屋くらいだ。

蒸気機関車が走る鉄道も整備され、アーク灯や白熱電球の開発も進み、このところ街は栄えている。けれども、かつて人類が地球を支配していた頃に比べると文明は随分と後退した。青年も人づてにしか聞いたことはないが、遠い昔は日が落ちても昼間のような光で街は覆われていたという。ここにも灯りはあるが、この比ではないだろう。人口も極端に減り、この国は大まかに四つの地区——青年のいるアエロ地区をはじめ、オキュペケ、ケライノ、ポタルゲ——に分けられた。各地区を特権・上層階級の者が治めており、居住区も明確に分離されている。

塀で囲まれた『中央』と呼ばれる場所に屋敷を構えられるのは、人口の約五パーセントしかいない選ばれし者たちだけだ。そして『中央』の周りを護(まも)るように位置する『特別区』には、人口の十パーセントほどしかいない中流階級の者が居住している。一般市民はそのさらに外側を取り囲むように広がるこの市街地、もしくは遠く離れた農村部で暮らしている。

それでも、そこに住めるだけマシだった。青年の住む貧民街は市街地の外。遺跡のような昔の建物を利用したボロ屋ばかりで、コンクリートは劣化が激しく、残った壁もいつまでもつかわからない。寂しく、乾いた光景が広がる場所だ。

市街地を抜けて貧民街のあるほうに向かうと、次第に空気がどんよりしたものに変わっていった。石畳で覆われた街とは違い、ここは手つかずのまま放置されたアスファルトの残骸と剝き出しの土ばかりだ。廃墟の遥か向こうには森も広がっている。かつて栄えた者たちの亡霊がうろついていそうだ。

青年は狭い路地を抜け、壁に大きなヒビの入ったあばら屋の扉を開けた。すぐに中から少女の声がする。

「リヒト兄ちゃん、お帰りなさい！」

「ただいま、マキ。お袋は？」

「さっきフルーツを食べたよ」

「そっか。お袋の世話を任せっきりにして悪いな」

青年の名をリヒトといった。客には違う名を伝えたが、本名を教えたとしてもなんの問題もない。貧民街で暮らす者はラストネームを持たず、たいした意味はなかった。四人につけられる番号と同じで、識別するためのものでしかない。

「兄ちゃんは仕事で忙しいから。あたしができるのはお母さんの世話くらいだもん」

リヒトは妹の頭を撫でた。浅黒い肌の少女は間違いなく青年の妹だが、あまり似ていない。容姿はごく普通で、同じものを食べているのに茶色の髪に艶はなかった。たとえ翼を広げても印象は変わらないだろう。女は上尾筒も持たず、この辺りに住む者がもう一つの姿をわざわざ晒すことなどほとんどない。

「あ、ロアだ！」

マキの言葉に窓を見ると、つばのない帽子を被った幼なじみが顔を覗かせていた。そこで待ってろとジェスチャーで伝え、一人家の外に出る。ロアはそばかすだらけの顔に笑みを浮かべていた。癖のある赤毛は短く、瞳は焦げ茶色だ。

「リヒト、帰ってたのか」

「ああ、今日の収穫だ。お前の取り分。みんなで分けろ」

ロアは差し出した金に手は出さず、もじもじしていた。稼いだ金は自分だけでなく友達にも配る。それがこの貧民街で育ったリヒトが心に決めていることだ。

「受け取れよ」

「でも、リヒトが稼いだ金だろ」

「お前の爺ちゃんの睡眠薬があったから成功したんだよ。ほら」

金を握った手を胸に押しつけると、ロアはおずおずと受け取った。そして、はにかみ笑いをする。

「ありがとな、リヒト。これで弟たちに腹一杯喰わせてやれる」

「どういたしまして。それより睡眠薬はもうちょっと強いのがいい」

「爺ちゃんに言っとく。それで……大丈夫だったの？」

上目遣いで聞かれて思わず笑った。何を心配しているかわかるが、もし最悪の事態になっても死ぬわけではない。

「ばぁ～か。心配すんなって。ちょっと触られただけだよ」

「ひどいことされなかった？」

「されてない。なんでそんなに心配性なんだ？」

「だって……お前、俺らと違って……」

はっきりと口にしないのは、この恵まれた容姿を本人がさほど歓迎していないのを知っているからだろう。利用はしているが、むしろ足枷（あしかせ）になることもある。そんな危険を承知で見てくれを武器に稼ぐのは、そうしなければ生きていけないからだ。

「いいって。俺が困った時は助けてくれるだろ？　お互い様だよ。それより明後日の計画、準備はできてんだろうな」

「ああ。あとは屋敷を襲うだけだ」

「そっか。今回の規模なら、この地区の仲間が一ヶ月はまともな飯が喰えるぞ」

「うん。あの家から必ず金目のものを盗もう。俺、リヒトだけが危険な目に遭うのは嫌なんだよ。もっとこっちの仕事増やそう。な？」

「そうだな。繁殖力の強い俺らがいくら死のうが連中には関係ないんだし、連中から奪ったところでなんの問題もないよな」

「あ……」

ロアは上空の何かに気づいて指差した。

闇の中に見えるのは、虹色の大きな羽を持つ鳥人だ。長い上尾筒を靡かせ、優雅に街の中心に向かって飛んでいる。虹色の眼状斑も大きく、この距離でも確認できるほどだった。間近で見たらさぞ立派だろう。同じように翼は持っていてもリヒトたちはほとんど飛ぶことができないが、あの連中はなんなくやってのける。

世界を支配し、権力を握ることを許された限られた存在。

「優雅でいいなぁ」

羨望の眼差しを向けるロアだが、リヒトは違った。いわゆる特権階級にいる者は、最下層で生きるリヒトたちのことなど見向きもしない。

「俺たちがこうやって地面に這いつくばって生きてるってのに、絶滅危惧I種の皆さんは人生謳歌してるよな。……ふざけんなって」

軽く舌打ちする。ロアは昔から美しい虹色の羽を持つ者に対する憧れが強く、気まずそうな顔をした。

「ねぇ、昔は人間には翼がなかったって知ってる？」

「なんだ、また爺ちゃんの話か？」

ロアの祖父は博識でなんでも知っている。医師でもないのに睡眠薬の調合ができるのもそのおかげだ。子供の頃は、昔から語り継がれてきたことを聞かされたものだ。

「俺たちってさ、人間がDN……D……なんだっけ？」

「DNA？」

「そう、それ。DNAを操作して人間とクジャクって鳥をかけ合わせたんだって。ハーピーっていう伝説の怪物を作りたかったんだよ。あんまり美しい生き物ができたからペットとして飼われたり……その、性的なことを……」

「つまり売春だろ？　エロ爺のイチモツをあそこで咥えてイかせる仕事」

「もう！　そんなにはっきり言うなよ！」

純情なロアは、顔を真っ赤にした。笑うと、唇を尖らせる。窃盗はもちろんのこと躰を使って稼いできたリヒトとは違って、ロアは真っ直ぐだ。貧民街で育ったとは思えないほどスレていない。

「ちゃんと聞いてよ。そのハーピーみたいな鳥人間を大量に作って闇で売ってたんだって。それで天罰が下って人間が滅んだんだ」

「そんな話どっから持ってくるんだ？」

「本当だよ！　俺たちは、人間に作られた人間なんだよ。本当の人間じゃないんだ。クジャクには神経毒に対する耐性があったから、生物兵器で地球が汚染されても生き残れたんだって」

なぜ熱弁するのかわからず、リヒトは「ふーん」と気のない返事をした。

「そんなのどっちでもいいよ」

生きていくだけで精一杯だ。自分たちが作られた生物かどうかなんて関係ない。時間が経てば腹は減る。病気もするし寒さに凍える。特に真冬は食料も不足し、誰もがひもじい思いをしながら飢えをしのぐのだ。

少しでも快適なところで生きたい——そんな単純な願いを満たすために、必死になっている。

「こんな腐った世の中、滅んだって構わないんだから」

リヒトはそう吐き捨てると、悲しそうに表情を曇らせるロアを置いて自分の家に戻っていった。

リヒトたちの生まれた世界は、階級で支配されていた。

レッドリスト——それが有無を言わさず鳥人たちの価値を決定づけるリストだ。

すでに絶滅したとされている絶滅種を除き、レッドリストは七段階に分かれている。識別カラーが虹色の絶滅危惧I種（CR+EN）は虹色の羽を持つ者たちで、絶滅の危機に瀕（ひん）している。人口の約一パーセントしかいない彼らはその希少性から保護の対象とされ、地位も最も高い特権階級だ。リヒトたちの手の届かないところにいる。

次に識別カラーが緋色（ひいろ）の絶滅危惧ⅠA種（CR）。彼らは緋色の羽を持つ者たちで、ごく近い将来絶滅の危機に晒されるだろうとされている上層階級だ。人口の四パーセントほどしかいない。

国を支配しているのは、その上位二種類に分類される者たちだった。翼は大きく、空を飛ぶ能力も備わっている。見た目の優れた彼らは政治に携（たずさ）わる権利を与えられ、贅沢（ぜいたく）な暮らしをしている。どれだけ美しい者がいるかで、国の力を示すことができるため、権力を持つようになったのだ。

ただの見栄ではない。見た目は栄養状態と比例するため色艶のいい者がいることで、国力を誇示できる。自分たちの国に戦争を仕掛けても無駄だと牽制（けんせい）ができるのだ。かつて地球を支配していた人類がなぜ滅んだのか――殺し合いがもたらす結果を知っている鳥人は、できるだけ他国との争いを避けるためそんな知恵を身につけた。

そして識別カラーが青色の絶滅危惧ⅠB種（EN）は、人口の十パーセントほどしかおらず、土地などの資産を所有する権利や学校に行く権利を与えられた中流階級だ。仕事も医師などの専門職に就く者がほとんどで生活に困ることはない。

階級はさらに鶯色(うぐいすいろ)の絶滅危惧Ⅱ種(VU)、黄土色の準絶滅危惧種(NT)と続く。彼らは権力は持たされていないが、人口の四十五パーセントを占めており、日常的に酒や音楽を楽しむことができる労働者階級だ。そこそこ恵まれた層と言えるだろう。市街地で働く者もいれば、農村部で農業に従事している者もいて、ほんの一部だが、特権・上層階級の使用人として働ける。

リヒトたちはさらにその下。絶滅する怖れがない低危険種(LC)と呼ばれる階級に分類されていた。羽の色も焦げ茶でごく稀に黒がいるといった具合だ。艶も悪い。特に黒は不吉な色だと忌(い)み嫌う者もいる。ただし繁殖力だけは強く、保護されずとも数が減ることはなかった。鳥人の四十パーセントを占める低危険種は悪環境の中に放り出された『見捨てられた者たち』だ。

他には評価する情報が不足して階級を決定できない、情報不足(DD)と呼ばれる者がいるが、滅多に現れないため扱いは時の政権が決めることになっている。異なる階級間での繁殖は不可能で、これらの分類が崩れることはない。

生まれながらにして最下層に分類された者たちは、その日暮らしの貧しい生活を強いられるだけだった。

翌々日、リヒトは仲間とともに布きれで顔全体を隠して目だけを出し、闇に潜んでいた。集まったのはリヒトの他に五人。これから市街地のある屋敷へ盗みに入ることになっている。今日は街で祭りがあるため、家の者は出払っていた。まさに狙い目だ。労働者階級の住む市街地の中でも『特別区』に隣接するこの辺りは、比較的裕福な家が多く、庭つきの屋敷が並ぶ。

人目を避け、リヒトたちは目的の屋敷へと近づいていった。

ロートアイアンの門扉が立派で、門番が二人いる。

「外の見張りは二人だな」

塀の上には侵入者除けの鉄槍が交差するようにいくつも設置されており、正面から行くしかなかった。

「本当に大丈夫？」

「ああ、多分な。じゃ、打ち合わせどおりいくぞ」

リヒトはせっかく巻いた布きれを外し、服を脱いで全裸になった。ロアが視線を逸らすのを見て初心な奴だと笑い、いかにも追い剝ぎに身ぐるみ剝がされたとばかりに、息せき切って門番のもとへ向かう。

「誰だ……っ」

「た、助けてください……っ。今そこで襲われて」

瞳の色で階級がわかるため、目を合わせないよう弱々しく項垂(うなだ)れて倒れ込んだ。全裸になったのも同じ理由だ。あんな襤褸(ぼろ)を着ていては、すぐにばれてしまう。

「おい、大丈夫か？」

「あっちで襲われて……お金を、盗られたんです。しかも僕を馬車に連れ込んで……その……、乱暴を……しようと」

わざと言葉をつまらせて怯(おび)えてみせると、肩を抱かれた。屈強な男には、リヒトの躰は女のそれのように見えるだろう。色白の首筋が男の欲情を煽(あお)ることは、宿屋で何度も確かめてきた。

「ここで待っていろ。我々が見てこよう」

「お願いします。一人にしないで……」

胸に飛び込むように男の腕に潜り込み、躰を震わせた。丸太のように太い男の腕が気遣うように、だがしっかりとリヒトの躰を抱くと、しめしめとほくそ笑む。

「お前確かめてこい。怯えてる者を置いていくわけにはいかない」

「はいっ」

若いほうの見張りが路地へ向かうと、男はリヒトをさらに強く抱き締めた。生暖かい息が首筋にかかりぞわっとしたが、我慢するのはもう慣れた。

「私がいるからには大丈夫だ。誰が襲ってきても怖がる必要はないぞ」

「はい。頼りにしてます」

「ところで相手の人相など、聞かせてくれんか？」

顎に手をかけられて、上を向かされる。前髪が伸びているためすぐにはわからないだろうが、正体がばれないようわざと目を細めた。

「いきなり襲われたので……まだ躰が震えているんです。どうか、しっかりと抱き留めていてください」

「わ、わかった。それではお前の名前を……」

瞳を覗き込まれそうになり、恥じらうふりで顔を逸らす。もしかしたら、あわよくばと唇を奪おうとしたのかもしれない。

「見ないでください。男に襲われた僕なんか……」

「いいや、そういうわけにはいかん。怪我がないか調べてやろう」

「や……っ」

「……っ、その瞳の色……」

気づかれたか——舌打ちしたが、仲間が男の背後に迫っているのが視界に入り正体を晒した。

「そうだよ。低危険種だけどなんか文句ある？」

「ぐぉ……っ、ふぅうっ、うっ、ぅうっ！」

背後から忍び寄ってきたロアたちが頭に布袋を被せた。見張りは暴れたが、仲間は手際よくロープで縛り、先に襲った若い見張りとともに屋敷の裏へ転がす。

「ふん、鼻の下伸ばしやがって」

「大丈夫だった？　はい、服！　早く着て！」

ロアに脱いだ服を胸元に押しつけられ、思わず怯んだ。

「おい、なんでそんなに不機嫌なんだよ」

「いいから早く！　時間がない！　顔に巻いて！」

「俺は見張りに顔見られてるぞ」

「念のためだよ！」

せっつかれ、急いでそれらを身につける。屋敷にあまり人は残っていなかったようで、リヒトが駆けつけた時には使用人たちは全員猿轡(さるぐつわ)を噛(か)まされた状態で縛られて床に座らされていた。

「見ろよ！　こっちに喰いもんが山ほどある！」

「馬鹿。金目のものから盗むんだよ。闇で売ればいくらでも食料が買える！」

みんなの目が生き生きと輝いていた。これでもう少し長く生きられる。家族に食べさせられる。寒さをしのげる。

リヒトたちの望みは、それほど贅沢なものではないはずだ。

その時、表の仲間が口笛で逃げるよう合図をしてきた。状況によって吹き方を変えている。

「まずいっ、警察だっ！」

今、捕まるわけにはいかない。家族や仲間たちの顔が浮かび、なんとしても持ち帰らねばとリヒトは裏口とは逆へ向かった。

「俺が囮(おとり)になる。お前らは先に戻ってろ」

「──リヒトッ！　撃たれるよっ！」

「俺がそんな間抜けかよ」

ロアが止めるのも聞かず、屋敷に飛び込んできた警察に姿を晒して庭へ飛び出した。足場を見つけて勢いをつける。

「──っく！」

塀をとびこえる時に槍(やり)でシャツが破れたが、なんとか敷地の外に転がり出た。

「いたぞ、そっちだ！」

警察の注意を十分に引きつけたあと、広場のほうへ向かった。祭りの最中だけあり、街は人で溢(あふ)れている。警察の姿に人々は何事かと顔を見合わせているが、街全体を覆う祭りの熱は冷めることなく、むしろボルテージを上げていた。

翼を広げて踊る者、上尾筒を広げてみせる者。ここに集まるのは識別カラーが鶯色以下の者がほとんどだが、それでも今日のためにと手入れしてきた羽は艶やかだった。

「見失うな！」

警察が遅れ始めているのにほくそ笑みながら、リヒトは軽いフットワークで人波を掻き分けた。この人混みではピストルは使えない。計算ずくだ。

「捜せっ！　逃がすな！」

狭い路地を走り、奥へ向かう。足音。ランタンの光とともに背後から追ってきた。物陰に身を潜ませ、やり過ごす。

そろそろロアたちと合流するか――そう思った時だった。リヒトは迫ってくる何かの気配に上を見た。

「！」

チラリと見えたのは、上空を飛ぶ大きな翼を持つ者だった。それはあろうことか、リヒトの居場所を警察に告げる。

「その路地を右だ！　奥に隠れている！」

「くそ……っ！」

上空から捜されてはひとたまりもない。リヒトは舌打ちしてからさらに奥へと逃げ込んだ。足音が迫ってくる。それでも複雑に入り組んだ路地を生かし、追っ手をまいた。簡単に追いつかれるほど愚図ではない。

だが、次の瞬間――。

「うわ……っ！」

バサバサ……ッ、と羽音がしたかと思うと、上空から滑降してきた何かに鋭い爪を持つ足で二の腕を掴まれた。勢い余って石畳に倒れ、そのまま仰向けに押さえ込まれて自由を奪われる。

両脚で完全に組み敷かれたリヒトは、自分を捕らえた相手を見て息を呑んだ。

リヒトを見下ろしているのは、虹色の羽の鳥人だった。

（絶滅危惧Ⅰ種⁉）

レッドリスト最高ランクの者が窃盗団を捕まえに来るなど、聞いたことがない。護られるべき存在は、常に安全なところにいるはずだ。上空から指示するだけならまだしも、直接手を下すなんて、信じられなかった。

だが、それ以上に信じられなかったのはその姿だった。

鮮やかな色の羽に覆われた男は、自分と同じ鳥人とは思えなかった。天界から降りてきたと見まがうほどの神々しさと、堂々とした佇まい。まるで鳥類の頂点に君臨する猛禽類のそれだった。

変形した脚の太さも、鋭い爪も、リヒトの知っている鳥人とは違う。

（すごい……）

リヒトも躰を買いに来る客から容姿を絶賛されるが、自分など所詮（しょせん）見た目が少々他より優れた低危険種でしかないとわかる。圧倒的な差——。

上尾筒は長く、一つ一つが大きくて虹色に光る眼状斑は今にもギョロリと動き出しそうだった。たくさんの目は心の奥を見透かす神秘的な力を持っているようで、畏怖（いふ）の念を抱く。

一枚の羽がヒラリと舞い、顔のすぐ横に落ちた。

一般的に羽と言われる正羽（せいう）は、羽柄（うへい）や羽軸（うじく）という芯にあたる部分と根元に近いところのふわふわした綿状羽枝（めんじょううし）、そしてシート状の羽弁（うべん）と呼ばれる部分で構成されている。羽弁は、羽柄から斜めに生えた糸のように細い羽枝の集合体なのだが、それが見事に配列していた。「裂け」もなく、密度のある羽弁は美しい光沢を放っている。よく水を弾くだろう。

低危険種だと、こうはいかない。羽弁はもともと簡単に裂けるようにできているが、栄養状態が悪いとなかなかもとに戻らず羽がボサボサになるのだ。

たった一枚の羽だけ見ても、これほどの違いがある。

「お前か。このところ巷（ちまた）を騒がせている窃盗団のリーダーは」

男の瞳は角度により虹色に光った。宝石のような硬質な印象がある。また、どこまでも続く深い森のような、辿り着けない夜の空のような、そんな闇に似た色が根底に眠っていた。

二つの目に捕らえられていると、声を奪われたかのように言葉が出てこない。

「俺の色がそんなにめずらしいか」

微かに目を細めて笑った表情に、心臓を鷲摑みにされた気分だった。

特徴のある色の瞳に負けない二重瞼や目頭の深い切れ込みも、どこか神秘的な雰囲気をもたらしている。男らしい鼻梁は目とのバランスがよく、キリリと結ばれた唇も理性的だ。

しかし、どこか野性を覗かせているのも否定できない。

観賞用の美しさではない。君臨する者。世界を支配する者。

力強さを感じさせる美だ。

他者をこれほど美しいと思ったことはない。美醜に関して興味などないリヒトだが、この男を前にすると美に魅入られる意味がわかるような気がした。

「顔を見せてみろ」

右足が離れて、顔に巻きつけていた布に伸びてきた。そして、ゆっくりと剝ぎ取られる。

顔を覆っていたものを取られただけなのに、なぜか裸に剝かれるようないたたまれなさを感じた。それは、あまりにも美しい者を前に自分の姿をさらけ出すことへの羞恥なのかもしれない。

「街の女どもが黄色い声をあげてるそうじゃないか。美形の窃盗団リーダーってな」

「はっ。そ、そんなの知るかよ」

「いつまで生意気な口を叩けるかな？」

男の視線に倣(なら)ってそちらを見ると、リヒトは目を見開いた。

「――リヒト！」

逃がしたつもりの仲間が全員捕まっている。

「あいつらは仲間か？　これまであちこちで窃盗を繰り返してきただろう」

何も言えなかった。投獄か死刑か。最下層の自分たちをどうするかは、意のままだ。しかも、全員捕まれば家族も飢える。

「俺が主犯だ。俺だけ連れていけ！」

「威勢がいいな」

「公開処刑でもなんでもいい。どんな罰も受ける。だけど、あいつらは俺にそそのかされただけだ」

男は虹色に光る瞳でリヒトを見ていた。息苦しく、早くこの視線から逃れたいと思うが、同時に目が離せず自分が見えない何かに捕らわれている気がした。

しばし睨(にら)み合っていたが、男はふと目を細める。

「仲間のために自分が犠牲になるというのか。面白い。奴らを解放しろ」

「ルーク様。それは……っ」

警察隊に動揺が走る。だが、逆らえない相手だということは明白だ。

「いいから解放しろ。リーダーを失った雑魚など放っておけ。先に戻っている。逃がさずちゃんと連れ帰れよ」

「はっ！」

警察隊が頭を下げると、男は翼を広げて飛び立った。渦巻くような風が起き、思わず腕をかざして目を閉じる。一瞬の出来事だったが、次に目を開けた時には遥か上空にいた。

長い上尾筒を靡かせながら飛んでいく。ほどなくして、広場のほうからどよめきが聞こえた。誰かがその存在に気づいたのだろう。美しい鳥人の姿に祭りの熱がますます高まっていくのがわかる。

残ったのは、甘い花のような微かな匂いだった。

# 2

捕らえられたリヒトは後ろ手に拘束され、両側を警察に固められた状態で馬車に乗せられてアエロ地区を統括する『中央』へと向かっていた。途中『特別区』を通る。

絶滅危惧ＩＢ種——識別カラーが青色の中流階級のみが住める場所だけあって『特別区』の建物はどれもそびえ立つと言うに相応しく、圧迫感があった。下から見上げた空の広さが違う。夜空は晴れているのに、月の場所がわからない。見えない何かに押しつぶされそうだ。

馬車は『中央』の正門まで来ると、いったん停まる。

そこを取り囲む壁は高く、周りは深い濠で囲まれていて外からは厳重な警備で護られた正門を通らないと入れない。少なくともほとんど飛べないリヒトたちが侵入するなど不可能だ。見張りが身元を確認すると馬車は再び進み、中へと入っていく。

（すげぇな）

目に飛び込んでくるものすべてが、驚きだった。

敷地は広々としていて、『特別区』では建物に侵食されていた小さな星空がここでは再び上空を覆っていた。石畳の道と手入れされた芝生。植え込みや噴水など、街全体がデザインされている。ガス灯一つ取っても市街地とは違った。複雑な装飾が施されていて、まるで別世界だ。

馬車は五分ほど走り、大きな建物の前で停まった。窓がズラリと並んでいて、どこか無愛想だ。人の住む屋敷ではなく、政府の施設だろう。

「降りろ。くれぐれも無駄口を叩くなよ」

「……わかってるよ」

せっつかれるようにして歩き、建物の中へと入っていった。

大理石の床は磨き上げられ、太い柱が立っている重厚な造りだ。てっきり投獄されるのかと思っていたリヒトは、罪人がいるに相応しくない場所に連れてこられて落ち着かなかった。天井は高く、これが昼間なら窓から降り注ぐ光が眩(まぶ)しいだろう。

さらに奥に進んでいくと、木製の立派なドアで仕切られた部屋へ連行される。ドアから入った正面奥には階段状に高くなった場所があり、彫刻の施されたデスクが三列にどっしりと構えていた。壁際にはファブリックの一人がけソファーが並んでおり、部屋の真ん中に跪(ひざまず)かされる。

なるほどお偉いさんがたで罪人を囲み、協議をするつもりのようだ。

しばらく待っていると、男が四人入ってくる。

「お前か。このところ巷を騒がせていた窃盗団のリーダーは」

出てきたのは、緋色の瞳を持つ男たちだった。絶滅危惧ＩＡ種。国の中枢にいて、政治に深く携わっている。歳は六十代だろう。にもかかわらず髪も肌も色艶がよく、皮肉な笑みが漏れた。リヒトたち貧民街に住む者には、若者の中にもあれほど健康的な者はいない。彼らは膝近くまでのブーツを履き、臙脂色のベストと上着を羽織っていた。中の白いブラウスは胸元のフリルが大きく、肌触りがよさそうだ。いかにも上層階級さながらのお召し物だ。

四人は順番にリヒトの前に出てくると、品定めしたあとデスクのある椅子に腰を下ろした。一段と高いところにある中央の席は空いたままだ。

「色仕掛けで見張り二人を制圧したそうだな。なるほど、確かに黒い瞳を持つ者にしては、めずらしく美しい。これまでも男をたらし込んできたんだろう？」

「皮肉言うためにここに連れてきたのかよ？」

くだらない話につき合うくらいなら、さっさと処刑でもなんでもすればいい。

けれども男たちにそんな気はないようで、蔑むような笑みを浮かべている。どこか楽しげでもあった。

「口も態度も悪いが、この容姿ならルーク様もつき人として傍に置かれるに違いない。この者の願いを聞いて仲間を解放したそうじゃないか。お前には特別に役目を与えよう。自分の見てくれに感謝するんだな」

「どういう意味だよ？」

「ネヴィル家のご子息にお仕えするのだ。国の繁栄のために一役買えるのだぞ。お得意の色仕掛けが役に立つ」

いっとう腹の出た男が言うと、細身の男が続ける。

「意味がわからないか？　繁殖のサポートだ。ルーク様がその気になるよう、ご奉仕して差し上げるのだよ。お前のような下賤の身でありながら重要な役割を担うなど滅多にないのだぞ」

「へぇ、特権階級が低危険種に前戯をさせるって噂には聞いたことあったけど本当だったんだ？　俺たちはあんたらにとって、奴隷みたいなもんか」

低危険種のリヒトたちとは違い、絶滅危惧I種は繁殖力が極端に弱い。理由の一つに性欲があまりないと聞いている。女がほとんどいないこともおおいに関係しているだろう。はっきりした原因は不明だが、女に限っては階級が上に行くほど生命力が弱く、出産時に命を落とすことが多いと聞いたことがあった。

服役と引き換えに淡泊な男に奉仕して、しかるべき相手と性交できるようにするのがリヒトに課せられた仕事らしい。

口々にそれがありがたいことだと言われ、鼻で嗤った。

「つまり俺が口でしゃぶって差し上げて準備を手伝えって意味だよな。お上品なあんたちによくそんなことが思いつけたな」

「——っ！　なんと品のない物言いを」

「どう言おうがしゃぶることに変わりねぇだろ」

挑発すると、汚いものを見る目を向けられた。

「ルーク様！」

ドアが開く音とともに、男たちの表情が引き締まる。

振り向くと、男が入ってくるところだった。ルークと呼ばれた男——自分を捕らえた男に仕えるのかと眉根を寄せる。

ルークは先ほどと違って人間の姿だった。けれどもその美しさは少しも損なわれていない。人間の姿になっても他より抜きん出た姿に、これが生存するレッドリストの最上位に君臨する者だと有無を言わさず納得させられた。羽の色に反して衣装は落ち着いている。襟の立った細身の上着とベスト。深みのある色合いは揺るぎない地位を示唆しているようでもあった。中のブラウスは襟元がシンプルで、緋色の男たちほどヒラヒラさせていない。膝までのブーツは同じだが、股下の長さが違うからか随分と印象も変わる。飾る必要などない。生まれ持ったものに勝る装飾はないのだと……。

「どうした？　罪人を取り囲んで何をしている？」

「この者に課せられる役割の重要性を教えておりました」

「ふん、そうか。皆で揃って虐めてるようにしか見えなかったがな」

「そ、そのようなお戯れをおっしゃるとは、ルーク様も人が悪い。貴方様がいつまでもつき人を置かれないのは、よくないことでございます」

　ほほ、と笑うが、眉間に浮かんだ血管が本音を吐露していた——この若造が。

　てっきり仲間だと思っていたが、複雑な人間関係があるらしい。しかも、地位が高いはずの男がなかなか口が悪くて、つい吹き出しそうになる。

「罪人、お前の名前は？」

　聞かれ、思わず素直に「リヒト」と短く答えた。そんな自分に驚きつつも、次はそう簡単にはいかないと警戒心を露わにする。

「それで、自分の役目は理解できたか？」

　目の前に立たれ、リヒトは跪いたままルークを見上げた。

「あんたをおしゃぶりしろって話だろ？　理解できたよ」

　ふ、とルークは目を細めた。なんて色気のある笑みだろう。滴り落ちる色香とはまさにこのことだ。

「気の毒だが、投獄されたくなければ従うんだな。お前の見てくれじゃあ牢屋の中では何されるかわからないぞ」

「俺はそれでもいいけどな。あんたにご奉仕するより囚人にケツの穴狙われるほうがマシだよ」

挑発したつもりだったが、無駄だった。むしろ喜ばせたようだ。楽しげに、緋色の瞳の男たちに聞く。

「だそうだ。どうする？ やる気もなさそうだし、このまま投獄するか？」

「それはなりません！ 今年こそはぜひ御子を」

「貴方様がそのような弱気なことをおっしゃってはいけません。それに警護の者もつけずに出歩くのは、特権階級ではルーク様くらいでございます」

「自分の身くらい自分で護れる」

「ですが、これから先も安全とは限りません。考えてくださるようお願い申し上げているというのに。ご自身のお立場を理解され、安全を確保し、一番の役目を果たしていただかないと」

口うるさい老人に、さすがのリヒトもルークが気の毒になった。少なくともリヒトたちには、いつ誰と愛を育むか選択の自由はある。

「一番の役目？ 政治は自分たちに任せて享楽に耽っていろとでも言うのか？」

「これも十分政治に関わることです。絶滅危惧I種である貴方様の存在は、国防という点に於いて大きな力を発揮するのですよ。それに警察に協力するのも結構ですが、治安維持は本来絶滅危惧ＩＢ種以下の者の役目。ルーク様も他の特権階級の方々のように、もう少し子をなすことに重きを置いていただかねば」

「遊び暮らすのが俺たちの一番の役目とはな……」嗤い、ルークはこう続けた。「セックスするのを今か今かと待たれると、勃つものも勃たなくなる」

「も、申し訳ありません。ですが、この男は窃盗団の者。投獄するか協力してもらうか、今決めませんと」

チラ、と機嫌を窺いながら、男は含んだ言い方をした。僅かな沈黙が、リヒトにとっていい話ではないと仄めかしている。

「もし逃げたら、お前の住んでいる地区の者は皆殺しだそうだ。友達も家族も失うぞ」

やはりそういう話かと、唇を歪めた。

「そんなことができるのかよ？　さすがに低危険種が暴動を起こすぞ。次は自分たちの番だってな」

「お前が心配すべきは自分の身だ。悪く思うなよ。これぱかりは俺の一存ではどうにもならない。早く子供を作れとせっつかれている。すでに花嫁候補もベッドで待ってるからな。俺のつき人になるかどうかここで決めろ」

妹や母の顔が脳裏に浮かんだ。

脅しかもしれないが、確証はない。特に緋色の瞳の男たちは、簡単にやりそうだ。

自分たちは安全なところで酒でも飲みながら、命令だけすればいいのだから……。

「条件がある。あんたに尽くしてやるから、俺が住んでる地区の生活を保障してくれ。贅沢は言わない。まともな飯が喰えりゃいい」

罪人として捕らえられている身でありながら要求しすぎかと思ったが、絶滅危惧Ⅰ種が子孫を残したがっているのは本当だ。国のために必要なことも……。それなのに増えるどころか、最近はさらに減少傾向にあるとも聞いた。

リヒトたち最下層の者にとって国が滅亡しようがどうでもいいが、この連中には死活問題だろう。贅沢な生活を維持できなくなる。

「俺が何して生きてきたと思う？　不吉な黒い羽を見せても、鼻の下を伸ばす客がたくさんいた理由を考えてみろよ。屋敷の見張りは、俺が色目使っただけで簡単に靡いたぞ。なんならあんたらで試してみる？　一緒に楽しいことしようか？」

ここが勝負だ。たじろぐ緋色の男たちの表情には、侮蔑とともに抗えぬ強い好奇心が見え隠れしていた。どんなに上品に振る舞っていても、所詮人間だ。

「ふん、面白い奴だ。条件を呑もう」

「そ、そのような勝手をおっしゃっては……っ」

「堅いことを言うな。それでこの男がやる気を出してくれれば、国にとってもいい結果をもたらす。ついでに俺の警護もやらせるのはどうだ？　何せ警察をも欺く窃盗団のリーダーだ。文句はないだろう」

静かだが、有無を言わさない雰囲気があった。最上位の貫禄とでもいうのか。一回りも二回りも年上らしき男どもは、小さく唸っただけで反論しない。これで決まりだ。

「俺の屋敷に連れていっていいな？」

「かしこまりました。貴方様がそうお望みなら……」

「縄を解いてやれ」

来い、と顎をしゃくって促され、拘束を解かれたリヒトはルークについていった。股下が長いのか、やたら歩くのが速い。途中、緋色の瞳の者とすれ違ったが、ルークに向かってお辞儀をしたあとリヒトを見て眉根を寄せるのが見えた。

「黒い瞳だぞ」

「なんと不吉な。あんなに深い黒の瞳など見たことがない」

「なぜネヴィル家のご子息があのような者を連れてるんだ？」

「奴らは繁殖力があるからな。多少減っても問題ない。我々にはできない危険な仕事でもやらせるのだろう」

聞こえてるぞ……、と鼻で嗤った。あからさまに好奇の目に晒され気分はよくなかったが、綺麗な姿をしていても言うことは自分たち最下層とたいして変わらない――いや、それ以下だと思うと、むしろ面白くもあった。

ルークもそれに気づいて、チラリと彼らに視線を送る。気まずそうに俯く彼らは、リヒトの視界から消えるまで口を開くことはなかった。

「お前、損な役回りをさせられることになったな」

「あんたが望んだんじゃないのか？　嫌なら子作りなんか断りゃいいだろ」

「俺にその権限はない」

一瞬見えた表情に、心臓が小さく跳ねた。

虹色の瞳に浮かんでいるのは、憂鬱に他ならない。これほど鮮やかな色なのに、どこか哀しげで生きる喜びを知らぬ者の諦めすら感じる。護られ、大事にされ、満たされているはずの立場の男がこんな目をするなんて――。

何か心に訴えるものがあったが、それは形になる前にルークの声に掻き消される。

「大きな口を叩いたんだ。しっかり働けよ」

挑発的な目が印象的だった。

「お戻りになりましたよ！」

弾む声にリヒトは思わずビクッとした。パタパタと足音を鳴らして集まってきたのは、青い瞳の子供が三人だ。絶滅危惧ＩＢ種。細目のおかっぱと目の大きいおさげと気の強そうなツンツン頭で、髪の色は黒、茶色、赤毛と全員特徴がまったく違う。兄弟ではないようだ。歳は十歳前後といったところだろう。胸元に細いリボンがついた白いブラウスと赤いベスト。膝までの黒いパンツに長い白の靴下を穿いている。足元はルークたちのようなブーツではなく踵の低い革靴だった。

どうやら身の回りの世話をする者らしい。リヒトには一瞥すらくれず、まるで親衛隊のようにウキウキとルークの周りに集まった。そして、ピーチクパーチクと話しかける。

「お帰りなさいませ、ルーク様っ！」

「お疲れになったでしょう！」

「飲み物を用意してますよ！　まずは部屋で躰を休めてください！」

目をキラキラさせて我先にと代わる代わる前に出てくる様子は、仕事から戻った父親に構ってくれと訴える子供と同じだった。全身から「好き」「好き」と好意的な感情が溢れている。

「俺はいい。こいつに部屋を一つあてがってやれ。これから俺のもとで働く」

「それでは、つき人を持つ気になられたのですね！」

おかっぱの言葉にルークが頷くと、三人は手を取り合ってピョンピョンと跳びはねて喜んだ。

「ついでに警護もやらせることになった。俺の許可はいらないから、必要なものをすべて揃えてくれ」

「かしこまりました。では、部屋の準備は下男に言っておきましょう」

一人がいそいそとどこかへ消えると、残りの二人も率先して自分の仕事にかかる。

「お召し物はわたしたちが選んで差し上げます。お食事の準備が整うまでに綺麗にしておきましょう。とりあえず着るものを……」

「じゃあ俺は風呂の準備をっ！」

パタパタと散っていく子供たちを呆然と見送った。しかも、ルークまで立ち去ろうとする。

「あ、おい！　あんたどこ行くんだよ？」

「俺は自分でできる。お前はあいつらにやってもらえ」

置いていかれ、どうすればいいんだとしばし廊下に佇んだ。屋敷はまさに豪邸で、一人で動けば迷いそうだ。『中央』の中でも一等地に建つ屋敷は庭も広く重厚感があり、歴史を感じさせる。それだけに、ひとたび迷えば二度と出てこられない――建物そのものが生きていて呑み込まれてしまいそうな雰囲気も漂っていた。

「おい、新入り」

ほどなくして、おかっぱ頭が再び姿を見せた。

「いつまでそんな格好をしているつもりだ。ダレル、風呂の準備はできたのか？」

「今できたぞ！　ソフィアも待っている！」

「それなら行こう。ところでお前の名前は？」

「リヒト」

「リヒトか。変な名前だな。ほら、グズグズしていないでこっちへ来るんだ」

手を引かれて廊下を歩かされた。相手は子供だが、自分のほうが子供扱いされている気がする。だが、屋敷に連れてこられたばかりで右も左もわからないのだ。従うしかない。

「とりあえずここが貴様の部屋だ！　客室だが、後日きちんと用意するから心配しなくていいからな！」

「遅いわよ。早くしないとお食事の時間に間に合わない」

部屋に入ると、ぷぅと、おさげが仁王立ちしていた。腕まくりをし、靴下は脱いでいる。残りの二人も素足になると、服を着たままバスルームに押し込まれた。白いバスタブは、金色の猫足がついた空豆のような形だ。バスルームだけでもリヒトの家くらいの広さはある。なぜライオンが湯を吐き出しているんだ……、と無駄な装飾に呆れた。

「さぁ、そのおんぼろの服を脱ぐのだ」

「うわ……っ」

三人がかりで服をすべて剝ぎ取られた。バスルームはすでに湯気が立ち籠めていて寒くはないが、まるで芋でも洗うかのようにドボンとバスタブに放り込まれる。

「ほら、じっとしてて」

「ルーク様にお仕えするというのに、このように汚れたままで恥ずかしくないのか」

「見た目は綺麗な黒髪なのに、ほら……こんなに埃(ほこり)が浮いてきたぞ！」

全身泡だらけにされ、ゴシゴシやられる。腕を上げろ。立て。座れ。脚を出せ。次々に下される命令に黙って従いながら、三人のやり取りを見ていた。

おさげの女の子はソフィアといい、三人の中で一番のしっかり者といった感じだ。おかっぱの男の子はチャーリー。真面目そうで大人びた印象だ。ツンツン頭のダレルは悪ガキタイプで、言葉も少々乱暴だ。リヒトのことも『貴様』と呼ぶ。

「ほら、早く立って。あなたはお風呂に入ったことがないの？　いちいち命令しないと動かないんだもの。世話が焼けるわ」

「ガキに身の回りの世話をさせてるルーク様ほどじゃねぇけどな」

からかってやると、ソフィアは生意気な口調で反論してくる。

「失礼ね、ルーク様はご自分のことはおできになるわ。わたしたちは特権階級や上層階級の方たちにお仕えしてお作法なんかを学んでいるのよ。将来とても役立つんだから」

「あーそうですか。それは失礼しました。——ぶは……っ！　ゴホゴホ……ッ」

いきなり頭から湯をかけられ、思いきり鼻に入って咳き込んだ。泡を洗い流されてようやく終わりかと息をつくが、そう簡単には解放してくれない。

「まだだ！　翼を出せ！　どうせそっちも薄汚れてるんだろう！」

ダレルが大威張りでバスタブから出ようとしたリヒトに命令した。逆らうともっとうるさいのは目に見えている。

「……わかったよ。……っ、……ッふ」

両手を広げ、翼を晒した。冠羽が出現し、上尾筒が生え揃うと、これでいいかと三人を見る。その動きは止まっていた。ポカンと口を開けたままリヒトを見上げているのだ。

「どうしたんだ？」

「ひ、瞳の色を見た時まさかと思ったが、黒い羽は不吉の証しだと聞いたぞ」

チャーリーがしどろもどろで言うと、ダレルも一緒になってリヒトを責める。

「ルーク様がお連れした者だから安心していたが、どうしてこんな不吉な奴をつき人として傍に置くって決めたんだ？　ルーク様の運勢が悪くなりそうだ」

「でも綺麗……」

意外にも、ソフィアがうっとりとリヒトを見上げた。すると、先の二人も顔を見合わせて気まずそうに言う。

「た、確かに艶がある。眼状斑がこんなに大きいのは、めずらしい」

成り行きに任せる。

「そうだな。黒い上尾筒も……悪くない」

いきなり褒められて、妙にむず痒かった。礼を言うのもおかしい気がして、黙ったまま成り行きに任せる。

「洗ったらきっともっと綺麗になるわ。ほら、急ぎましょう」

ソフィアの言葉を合図に、再び忍耐の時間となった。ゴシゴシと容赦なく洗われる。ようやく風呂から出た時には確かにすっきりしていたが、どっぷりと疲れていた。それでもすぐには解放してもらえず、躰や羽の水分を拭き取られ、手入れをされる。

「ほら、ほんの少々の油を塗るとより光沢が出るのよ。自分の躰から出る油分で十分に行き渡るんだけど、あなたは痩せっぽちだから洗ったあとは足してあげたほうがいいわ」

「見ろよ、こんなに光沢が！　もうすっかり乾いたのに濡れてるみたいにつやつやだ。黒い羽もいいな！」

「そうだな。確かに黒い羽もいい。綺麗にしたら食事だ。ほら急いで」

慌ただしくバスルームを出ると翼をしまって人間の姿に戻り、用意されていた服に着替える。ゴテゴテと装飾のあるものかと思っていたが意外にも肌触りのいい綿の上下で、これならリヒトでも窮屈に感じずにいられる。

「部屋に戻るぞ。ルーク様にお見せしよう。見違えるようだ」

「ほら、早く早く」

「貴様は本当にノロマだな！」

ソフィアとチャーリーに手を引っ張られ、ダレルに先導されるように連れていかれた。

途中、廊下の壁にかけてある絵画に足を止める。

「どうしたの？」

「これ……」

「あ、この絵ね。わたし大好き。ルーク様はセンスもおありだわ」

鳥人が二人、翼を広げて飛んでいる絵だった。一人は虹色の羽を持っていたが、もう一人は純白だ。こんな鳥人は見たことがない。虹色の羽の鳥人が、憧れるように純白の鳥人を見上げている様子は宗教画のようでもあり、目が離せなかった。絵画を鑑賞するようなお育ちではないが、足が止まったまま動かない。

「絶滅種(EX)だ」

「！」

振り返ると、ルークが立っていた。リヒトの隣に来ると絵画を見上げる。心なしか表情が柔らかい気がした。捕まってからずっとリヒトに対しては不敵に笑うか、傲慢な態度で見下ろしてくるかのどちらかだった。それだけに、初めて見る表情にルークも自分と同じ心を持つ人間だと気づく。

「美しいだろう」

生存しているレッドリスト最高位は虹色の羽の者だが、さらに上がいたというのは有名な話だ。純白の羽を持つ者。だが、彼らは長いことその姿が確認されておらず、都市伝説とすら言われている。

「本当にいたのか？」

「さぁ、どうかな」

口元に笑みを浮かべる横顔に、目が釘づけになった。

「この絵は、ある伝説を描いていると言われている」

「伝説？」

「ああ、そうだ。『中央』にいる者なら誰もが知っている伝説だ」

そう言ってルークはこう続けた。人が本当に大事なものを見失いかけた時、絶滅種は姿を現して間違いを正すだろうと……。

確かに絵画の中の純白の鳥人は、虹色の鳥人に何かを諭しているようにも見えた。

「絶滅の危惧がある者を護るために低危険種の命を軽んじていることへの警告かもな」

「え……」

まさか特権階級がそんなことを口にするなんて、信じられなかった。聞き返そうと思ったが、チャーリーが思い出したように声をあげる。

「そうだ、ルーク様っ！　ご覧ください。こんなにピカピカになりました！」

いきなり差し出すように、前に押し出された。ルークほどの男が見惚れる美しい絵画のあとに自分を見られるのは、なぜか落ち着かない。頭のてっぺんから爪の先まで視線で舐め回され、居心地が悪くなる。

「……なんだよ？」

「上出来だ。窃盗団のリーダーとは思えないな」

挑発的な言い方だ。先ほどの柔らかな表情は消え、再び傲慢な態度で覆い尽くされる。

「ソフィア、リヒトに必要なことを教えてやってくれ」

「もちろんです。ところでお屋敷の中でも一緒に食卓を囲むんですか？　ルーク様はオライリー家やイーガン家の方々のように階級に胡座を掻いてないところが好きです。でも、低危険種と一緒に食事を摂っていると知れたら、ルーク様が軽んじられる気がします」

「それならお前たちとも一緒に食事はできないな。奉公先を変えたほうがいい」

「――っ！　そんなの嫌です。ルーク様の意地悪っ！」

ソフィアは涙ぐみながら訴えた。すると、ルークは彼女の頭に手を置く。

「言いたい奴には言わせておけ」

「はい、ルーク様。ほら、これからお食事よ。わたしがお作法を教えてあげるわ」

ソフィアは威張った態度でリヒトをダイニングルームに案内した。テーブルにはすでに料理が並んでいて、いい匂いを漂わせている。

「……すげぇ。これ喰っていいのか？」

貧民街で暮らしてきたリヒトにとって、それは夢のような食卓だった。母や妹、そしてロアをはじめとする仲間に食べさせてやりたい。そう思うと、自分だけ腹を満たすことに抵抗を感じた。今頃、寒さと空腹に震えているかもしれない。

「心配するな。お前の地域の者が飢えないよう手配する」

リヒトの心を読んだかのような言葉に、ドキリとした。だが、特権階級が自分との約束を本当に守るのかにわかに信じられない。

「はっ、どうだか」

そう吐き捨てると、ダレルが顔を真っ赤にする。

「ルーク様は約束をお守りになる方だ！　変なこと言うと承知しないぞ！」

怒らせてしまったようだ。口を一文字に結び、リヒトを睨みつける。それほど怒ることかと思うが、相手は子供だ。「ごめん」と一応頭を下げておく。

「つき人は子作りのお手伝いの他に毒味もするの。お屋敷の中ではいいけど、外でのお食事の時は必ずあなたが毒味をして。いいわね？」

鳥人は神経毒への耐性はあるが、その他の毒に対しては案外脆い。しかも、最近は鳥人をも殺す強烈な神経毒があると聞いた。自然界には存在せず、人工的に作られたものという噂は本当だったようだ。

「なるほど、あんたの命を狙う輩がいるってことか。特権階級同士で勢力争いでもやってんの？」

アエロ地区の特権階級は、ネヴィル家の他にラザフォード家、スペンサー家、オニール家、オライリー家、イーガン家、リンメル家の七つの家系に分かれている。特権階級の中で上下関係はないが考え方に違いがあり、緋色の羽の者たちは自分により近い考えの特権階級につくと聞いている。それは、政治的活動にも大きく影響するだろう。

「馬鹿ね。そんな愚かな人はいないわ。敵国のスパイが紛れ込んで毒を盛ったことがあったから、念のためよ。本当はついでなんかじゃなく、専門の警護もちゃんとつけて欲しいんだけど」

「そう何人もぞろぞろ連れ歩けるか」

眉根を寄せて鬱陶しそうに吐き捨てるルークを見て、少々気の毒になった。緋色の男たちの前でも、子供を作るようせっつかれてうんざりといった顔をしていた。

「そうだ、ルーク様。電報が届いていたのはご覧になりましたか？」

「ああ、ありがとうチャーリー。電報は見た。明日スペンサー家の屋敷へ行くことになった。リヒト、準備をしておけよ」

「準備って……」

「子作りだ。お前の本領発揮だぞ」

左目だけを微かに細めた流し目を送ってきた。どこかサディスティックで、ゾクリとする。この男が何を企んでいるのか想像してしまい、身に迫る危険を感じるのだ。

「やった、子作りですって！」

「ルーク様、どうか頑張ってください！」

「俺たち応援してますから！」

子供たちはピョンピョンと跳びはねてはしゃいでいた。子作りの意味を知っていても、具体的に何をするかの知識はないのだろう。そして、それはリヒトも同じだった。

無邪気に喜ぶ子供たちの横で己の役割を思い出して独りごつ。

まずいことになった。

翌日。夜もとっぷり更ける頃、リヒトは馬車で移動していた。

用意された服はルークと似た仕立てのもので、落ち着かなかった。何しろ上着の生地が厚いうえに襟が立っていて、首回りが窮屈だ。ブラウスにあしらわれた胸元のリボンが邪魔でならなかった。膝までのパンツもロングブーツも馴染(なじ)みがない。

（なんでこんな鬱陶しいもん着るんだ、こいつらは……）

向かい合って座るルークは、先ほどからだんまりを決め込んでいた。これから求愛するためにスペンサー邸へ向かうところだとは到底思えない。愛を囁く相手が気の毒になってくる。しかも、リヒトはこれをその気にさせなければならないのだ。スペンサー家の娘を抱く気になるよう、性的に興奮させる重要な役割を任されている。

「何そわそわしてる？」

「！」

目を閉じているのになぜわかるのだと、少々恐ろしくなった。この男の前では少しの油断も禁物だ。

「べ、別に……そわそわなんかしてない」

「それにしてはさっきから尻が落ち着いていないぞ」

目を閉じたまま笑うルークは、憎たらしいことこの上なかった。リヒトの嘘など見抜いていそうだ。

「俺の犯罪歴知ってて言ってんの？　やってきたのは盗みだけじゃない。要はあんたのナニをおしゃぶりして射精する前に相手に譲ればいいんだろ？」

わざと下品な言い方をしたつもりだったが、ルークは眉一つ動かさなかった。先ほどから同じ体勢で座ったままだ。道端の石ころでももう少し愛想はいい。

「あんたを勃たせるなんて楽勝だよ」

そう言ったが、内心リヒトは焦っていた。

これまで幾度となく男を誘って金品をせしめてきたが、実は躰を売ったことは一度もない。いつもロアの祖父が調合した睡眠薬で眠らせたあと、逃げるだけだ。

羽を見せ、色仕掛けで油断させるところまでがせいぜいでその先を知らない。この男は、裸になって媚びを売れば鼻の下を伸ばすリヒトの客とは違うだろう。

淡泊だと言われている絶滅危惧I種をその気にさせるには、どうすればいいか――。魚に肺呼吸しろというくらい、無謀な挑戦という気がしてきた。いい考えが浮かばないまま、確実に迫るその時に次第に緊張は高まる。

どのくらい経っただろうか。馬車はある屋敷の裏口で停まった。馬車を降りると扉が開き、中から使用人らしき男が出てくる。

「ルーク様。お待ちしておりました。こちらへ……」

案内され、屋敷の奥へと入っていった。通されたのは、客室というには欲望の匂いが強く漂う部屋だった。取り澄ましてはいるが、ある種の露骨さは隠しきれない。

臙脂色に金色のフリンジがついた分厚そうなカーテンが窓を隠し、天蓋つきのベッドは薄いレースのカーテンで覆われている。中は透けて見えるが、薄い布一枚あるだけで何やら意味深に感じる。また、ルームランプのシェードはカーテンとお揃いで、スタンドの部分は二匹の蛇が絡み合ったデザインになっている。

（なんでもやってやるよ）

決意を心に刻み、深呼吸する。

その時、ドアがノックされた。入ってきたのは娘ではなく青年だった。

「ようこそ、ルーク」

「久し振りだな、イアン」

虹色の瞳が美しい。鳥人の姿だ。まるでドレスでも身に纏っているかのように、上尾筒を引きずりながら歩く姿は優雅だった。大きな瞳は目尻が上がっていて睫が長い。乳白色の肌と赤みがかった黒髪にうっすらとメッシュが入っていた。

「前回は朝までいたのに、結局子をなすことはできなかった。今宵こそ、僕たちの務めを果たさなければ……」

「努力する」

見た目は男だが、生物には雌性先熟や雄性先熟をする種類がある。より多くの子孫を残すために先に雌、または雄として生殖行為に参加したのち、性転換をする仕組みだ。厳密に言うとそれとは少し異なるが、鳥人の中にも繁殖のために一時的に性転換する者がいると聞いたことがあった。生殖器が女のそれに変わり、卵子を生成できるようになるのだという。

女の割合も多く繁殖力の強いリヒトたちの階級の者には備わっていないが、今夜の相手が彼だということは、本当の話だったというわけだ。

「あなたですか？　今夜僕たちの手伝いをしてくれるのは。名前は？」

「リヒト、です」

今夜のセックスの相手だと思うと、いたたまれなかった。いわゆる前戯の相手として連れてこられた身だ。二人が知った仲だというのが態度でわかるだけに、居心地が悪い。

「初めて見る顔ですね。おや、瞳の色が黒い。まさか羽も？」

「なかなか見事らしい」

ルークの言葉にトクン、と心臓が鳴った。さすがに罪人だとばらしはしないだろうが、この男がたとえ嘘でもリヒトを褒めるとは……。

「低危険種なのに、綺麗な子なのだね。ルークが見初めるのも不思議ではない」

「見初めてなどいない」

「そうかな？　今までつき人を置いたことはなかった君が、こうして彼を連れてきたって聞いたから、てっきりお気に入りなのかと思ったよ」

「周りがうるさいから仕方なくだ」

「その都度サポートする者を替えるより、決まったつき人に手伝ってもらうほうがきっと上手くいく。僕は気に入ったよ。美しいものは大好きだしね」

リヒトに対して好意的な態度に、ルークの恋人ではないのかと不可解だった。つまり恋仲でもない相手とセックスをするのだ。しかも、子供のために第三者の手を借りる。

「リヒトとやら、頼みますよ。ルークが十分にその気になるよう、しっかりと務めを果たしてください。では、僕はあちらで待っています」

微笑を残し、彼は優雅に歩いていくと奥のドアの向こうに消えた。もう一つ寝室があるらしい。再び部屋に二人きりになり、ますます気まずくなった。

「よくこんなんでやる気になるな」

「やる気にならないからお前を使うんだ」

言いたいことはわかる。だが、こんなやり方しかできないからセックスする気になれないんじゃないかと問いたい。

「そろそろ始めてもらおうか」

およそベッドに誘う言い方ではないが、先延ばしにしたところでやることは変わらない。それならさっさと済ませようと、腹を括った。そして、慣れたふうを装い顎をしゃくる。

「じゃあ、ベッドに行けよ」

ルークがベッドに座るのを見て自分も向かった。

壁一枚隔てた向こうにルークに種つけしてもらおうと待っている者がいる場所で、ルークに奉仕する——。

現実に返りそうになり、それを頭から追い払った。

その気になるよう周到に用意された部屋で、リヒトは自分に課せられた仕事と向き合っていた。やりにくいこと、この上ない。

「どうした？」

「別に……。じゃ、始めるぞ」

見てろとばかりにと鼻を鳴らし、ベッドに座るルークの前に立った。上着を脱ぎ、腕を伸ばして床に落とす。次にブラウスだ。誘うようにゆっくりとボタンを外して肌を晒していく。

（くそ……）

頬が微かに熱くなった。

ルークは少しも反応しない。リヒトがこれまで相手にしてきた男たちの中には、脇腹をチラリと覗かせただけで興奮する者もいた。綺麗だ、美しい、と褒め称えられ、軽い流し目だけで虜にできた。弱々しい台詞を吐いただけで鼻息荒く襲ってきた男もいた。

けれども、目の前の男はこれまで手玉に取ってきた連中とは違う。難攻不落の城に挑んでいるようだ。

「なぁ、俺みたいな身分の低いのが、好きに触ってもいいのか？」

「ああ、いいぞ。俺を興奮させてくれるならな」

リヒトは身を屈め、ルークの肩に手をかけてキスをしようとした。だが、目が合い、迷ったあと唇ではなく首筋に顔を埋める。

男たちが自分にしようとしていたことを、とりあえずやってみる。

ルークの首筋に唇を這わせながら、上着のボタンを外した。それを脱がせると床に放り、今度は中のブラウスのボタンに手をかける。微かに甘い匂いがして、胸がギュッとなった。これがなんの感情なのかはわからない。

「ん……」

目の前に現れた肉体に、息を呑んだ。さすが空高く飛ぶだけのことはあり、改めて見ると筋肉質だった。大きな翼に加え、発達した大胸筋を持っているからこそあれだけ飛べるのだろう。ウエストは細いが、腹筋も見事に割れている。あまりに自分と違っていて、これが男の躰なのかと驚いた。リヒトを買おうとした客の中にも、こんな見事な肉体を持った者はいなかった。

「何ジロジロ見てる。見てるだけで俺が勃つのか？」

「……っ！　い、急ぐなって」

首筋にキスをしながら胸板を撫で回した。たいした反応はないが、想定内だ。さらにべッドに押し倒し、馬乗りになってルークを見下ろす。舌で唇を舐めながらブラウスを脱いで床に落とした。精一杯の挑発のつもりだ。

だが、ルークは無感動な目でリヒトを見つめ返すだけだ。次第に焦りが出てきて、どうすればこの男がその気になるのか考えた。

股間が反応していないことに気づき、それなら直接刺激してやろうとそこに腰を下ろして尻を押しつけた。踊るように身をくねらせながら煽る。

「なるほど、そうやって俺をその気にさせるのか」

「！」

伸びてきたルークの手が、脇腹に触れた。

まさかこの男から触れてくるとは思わなかったが、よく考えればあり得ないことではない。向こうの部屋にいるイアンを孕(はら)ませるためなら、多少は協力するだろう。

「顔が赤いぞ」

「別に……部屋が、暑いだけだよ、……っ」

そろそろと触れてくる手のひらに、息がつまる。そんなふうに触るなと言いたいが、弱みを見せるようで言葉を呑み込む。すると、ルークは脇腹を撫で上げるように手のひらを這わせてきて、胸元をゆっくりとさすった。息が小刻みになる。

下から見上げられていると、妙な気分になった。虹色の瞳のせいかもしれない。見る角度によって華やかな色に見えたり落ち着いた印象になったり、不思議な光を放っている。

「……ぁ」

変な声が漏れた。鼻にかかったどこか甘えたような声だ。ルークの腰の上に乗せた尻がむずむずしてくる。堪えきれず腰を押しつけていると、リヒトの中心が下着の中で窮屈だと訴え始めた。目ざとくそれに気づいたルークが手を伸ばしてくる。

「なんだ、お前のほうが先にその気になってるんじゃないか？」

「ち、違う……っ、俺たちは……繁殖力が……っ、……はっ、強いんだよ……っ」

「なるほど。こんなにあっさり勃つなら絶滅しないな」

ニヤリと笑う表情には、企みの色が浮かんでいた。自分の仕事すらまっとうできず先に反応したことを、責めてやろうと思っているのかもしれない。

「ちゃんと仕事をしてもらおう」

ルークはそう言って前をくつろげて自分のものを取り出した。半勃ちの状態でも大きく、思わず息を呑む。

仕立てのいい衣服に身を包み、どんな時も顔色一つ変えないルークの中で、唯一動物的な部分と言えるのかもしれない。けれどもまだ狩りの時間ではないとばかりに、ルークからは悠々と毛繕いする肉食獣さながらの余裕が見られた。食欲をそそるほどのものをお前に感じてはいないのだと……。

それでもいざその時になれば、本能を剝き出しに襲いかかってくるのだろうか。

「なんだ。立派すぎて驚いたか？」

これで性欲がないというのが、信じられなかった。目が合うと、次はどうするんだと視線で問われる。

「奥の部屋でイアンが待っている。あまり時間をかけるなよ」

リヒトは膝で後ろに下がり、身を屈めた。口で奉仕するなんて初めての経験だが、やるしかない。牡の証しを口に含む。

「う……っ、ぅ……ッふ、ぅん」

むんと牡の匂いが広がった。おずおずと舌を這わせると、微かに反応する。

「お前が俺のをしゃぶるなんてな。そんなに仲間が大事か？」

「んっ、ん、……んぅ、……ぅん、んんっ、……ん」

「それともこのくらいのことは誰にでもできるのか？　今まで何人慰めてきた？」

お前も集中しろと言いたいがルークの中心は確実に力を蓄え、頭をもたげる。口に入りきらないほど大きく育つと、リヒトは身を起こした。そして、完全に勃起した自分のものを握ったままリヒトを見るルークの姿に息を呑む。

「何見てる？」

「べ、別に……」

ゆっくりと起き上がるのを見て、急に怖くなった。

そんなはずはないのに、今にも襲いかかってきそうだ。剣のようなそれをリヒトに突き立ててくるのではないかと想像してしまう。

「もういいだろ。準備は……できてる」

「まだだ」

「――ぁ……っ！」

俯せにされ、背後から押さえ込まれてこれまでにない恐怖を感じた。

挿入される――。

「な……っ、待て待て待て待て……っ！　ちょっと待てっ……て、……はぁ……っ」

「何が待てだ。犬じゃないんだぞ。前回俺に奉仕した奴は、もっと必死だった。必死で俺をその気にさせろ」

「ぁ……っ」

摑んだ自分の屹立をあてがってくるルークに、観念した。このまま背後から突っ込まれるのだと覚悟した。目をきつく閉じ、襲ってくるはずの痛みに身構える。

けれどもルークが次に取った行動は、予想外のものだった。

「！」

股の間に屹立したルークの中心を挟まされ、ゆっくりと前後に揺すられる。衣擦れの音

が恥ずかしくてたまらない。

「は……っ、な、なに……っ⁉　……ぁ……あ」

逞しく前後する腰つきに、耳まで熱くなった。シーツを摑んで耐えようとするが、そんなものは些細な抵抗ですらないとばかりに、腰を使われる。

垣間見えたルークの本能。性欲などないという顔をして、その実こんなふうに相手を襲うのだ。

「はぁ……っ」

繫がってすらいないのに、こうして躰を前後に揺さぶられるとたまらなくいやらしいことをしている気分になった。

「ぅ……、ぅう……ん、……あぁ……ぁ、……ッく、……ぅう……ん、……ッふ」

声が漏れるのを止められず、目頭が熱くなった。さらに体温も上昇する。

「も……、いい、だろ……、……はぁ」

「それは俺が決めることだ」

「でも、もう……勃って、る……っ、……ぅ……ッふ、……ぅう……ん、……ぁ……あ」

「躰だけでいいと思っているのか？　俺をもっと興奮させせろ。奥の部屋で待ってる相手を襲いたくなるよう、俺の中の獣を刺激するんだよ」

ルークの本当の相手は奥の部屋にいると思うと、ますます躰は敏感になっていった。自分の躰をセックスの準備に使われることに、被虐という倒錯した興奮に欲情を煽られる。
ギ、ギ、ギ、と微かに聞こえるベッドの鳴き声が徐々に加速しているのがわかる。それに従い、股に挟んだルークがさらに力を蓄えていくのがありありと伝わってきた。
これを、あの美しい虹色の瞳を持つ青年に突き立てるのか――。

「何を想像した？」

「なに、も……、……はぁ……っ」

瞳を覗かれそうになり、顔を逸らした。負けた気がするが、今日のところは負けでいい。

「まだ、かよ……っ」

「うるさい奴だ」

「んぅ……、んんっ」

顎に手をかけられたかと思うと、唇で唇を塞がれる。思わず喘ぐと舌が侵入してきて、驚くあまり目を見開いた。視界をルークでいっぱいにされ、無理な体勢のまま口内を蹂躙される。さらに中心に手が伸びてきて、やんわりと握られる。

「おい、……なん、で……触るん……、……ぁあ……ぁ、……んぁ……あ……ぁ」

先端のくびれを指で嬲られ、動物じみた行為に息が上がっていった。

「んぁ、……ぁ、……ぁ……ん」

その気にさせるのは自分の役目なのに、これではルークが奉仕しているのと同じだ。しかも、男相手に躰を売っていたという嘘を剝ぎ取られてしまう。はぁ、とルークの口から荒っぽい吐息が漏れた。冷静さを欠いた息遣いを聞いた途端、急激に迫り上がってくるものに連れていかれそうになる。

出てしまう。我慢できない。

そう訴えることもできた。けれども、恥ずかしさのあまり言葉を呑み込む。

「んぁ、ぁあ……ぁ……あ、あ、――ぁああ……っ！」

下腹部がぶるぶるっと震え、リヒトはシーツに白濁を零してしまっていた。あまりに急激な絶頂に呆然とした。

まさか、こんなにあっさり射精してしまうなんて――。

「なんだ、出したのか」

呆れたような口調に、顔全体がカッと火に包まれた。言い返すことすらできない。

「口ほどにもない奴だ」

ギ、と音を立ててルークはベッドから降りると、隣の部屋に向かった。その姿がドアの向こうに消えるのを黙って見送る。

「淡泊じゃなかったのかよ……」

ベッドに俯せになり、襲ってくる羞恥に耐えた。

あれはやり慣れた男のやり方だ。完全に騙された。

リヒトは自分の甘さを思い知りながら、獣の激しさで隣室にいる相手を抱くルークの想像に苛(さいな)まれた。

翌日、リヒトは鳥人の姿になり、ソフィアに羽の手入れをされていた。ルークのつき人として相応しい姿を保つために、しばらくはきちんと洗えているかなどのチェックが入るらしい。今日は手入れが不十分だと言われ、羽にローズオイルを塗られている。

「じっとしてなさい」

「だから風呂くらい自分で……」

「できてないから言ってるのよ。痩せっぽちのあなたは、もうしばらく自分で羽に油分を足さないと。面倒臭がってちゃ駄目。だけど不吉な色なのに、本当に綺麗。眼状斑なんて銀色に光って見えるわ」

どこか楽しそうなソフィアに、人形遊びの延長じゃないかと疑いたくなる。しかしまだ子供だ。少しくらい好きにさせてやれと黙って従った。だが、気が緩むと頭に昨夜のことが浮かび、ジワジワと顔が熱くなってくる。

（うう……、なんで出てくるんだよ）

繁殖力が弱いはずのルークが見せた獣のような一面。股に挟まされた屹立の感触は、躰が覚えている。

大きさも硬さも十分だった。むしろ、十分すぎるほどだった。

ルークの前で自分だけ射精したことが情けなく、慣れたふりをしていただけに、ベッドでは優位に立ちたかったリヒトの思惑を最後に放たれた言葉が見事に砕いてくれた。

口ほどにもない――まさにそうだ。

そして何より、そのあとのこともリヒトにとっては想定外で戸惑っている。

『帰るぞ』

奥の部屋に入っていったルークは、ものの五分もしないうちに出てきてリヒトにそう言った。あれだけ雄々しく変化していた中心にリヒトは挿入される危機感すら抱いていたが、すぐに萎えたらしい。獣のような一面はイアンに向けられなかったようだ。

何かあったのか聞こうとしたが、質問する暇すら与えず先に部屋を出てしまう。慌てて追いかけようとして、リヒトは奥の部屋からイアンが顔を覗かせたことに気づいた。

『またお願いします』

微笑を浮かべる表情は美しく、それだけに繁殖が失敗に終わったのが気の毒でならなかった。だが、イアンは悪くない。そもそも準備だけリヒトとしてあとは別の相手とだなんて、やり方が間違っている。いかにも義務だとばかりにベッドに入っても、上手くいくはずがなかった。そのくらいのことは、経験のないリヒトにもわかる。

その時、屋敷の庭が騒がしくなった。窓から覗くと、使用人が五人ほど庭を走り回っている。ソフィアもいったん手を止め、身を乗り出して外を見た。

「どうしたのかしら」

使用人たちは何かを追いかけているらしく「右へ行った」だの「あの茂みに隠れた」だの言っている。慌てた様子と聞こえてくる悲鳴に、危険なものだとわかった。

「毒蛇かもしれない！」

その言葉を耳にした瞬間。リヒトはニヤリと笑って部屋を飛び出した。

「リヒト！　どこ行くの？　お手入れは済んでないのよ！」

ソフィアが制止するのも聞かず、鳥人の姿のまま庭に向かう。足が汚れると文句を言われそうだが、叱られるのにはもう慣れた。

「蛇はどこだ？」

「あ、あちらです！」

瞳が黄土色の準絶滅危惧種(NT)が、庭の向こうを指差す。

「俺が捕まえてやる」

蛇はリヒトたち貧民街の者にとっては、食料だった。空腹をしのぐためならなんでも食べる。窃盗を繰り返すようになってその機会は随分減ったが、それでも子供の頃はよく蛇や蛙を探した。どちらも骨が多いが、焼いて食べれば命を繋げる。

リヒトは翼を広げた。飛べないが、勢いがつくし隠れた蛇を脅すこともできる。わざと音を立てて茂みを掻き分けると、追いつめられた蛇はさらに別のところへ逃げた。

「リヒト、何やってるんだ！」

騒ぎを聞きつけたチャーリーとダレルが出てくる。

「蛇を捕まえるんだよ」

穴の中に逃げ込もうとしたため、足で土を掘り返して尻尾を摑んだ。引きずり出すと、鎌首をもたげる。追いつめられた蛇はリヒトに向かってきた。それをヒラリと躱す。頭を押さえ込もうとしたが、何度か避けられた。躱し、躱され、ようやく捕らえる。

「捕まえたぞ！」

脚に絡みつくが、頭をしっかり摑んでいれば平気だ。見たことのない蛇だが毒はなさそうだ。近くに落ちていた木の枝を嚙ませても、毒液は滴り出てこない。

「いや〜っ、蛇なんて捨てて〜っ！」

ソフィアの悲鳴を聞いたからか、さらにルークが姿を現す。昨日の今日で気まずかったが、ルークは涼しい顔だ。それがまた面白くなく、恥ずかしい。

せめて自分から声をかけようと思ったが、あっさりと先を越される。

「どうした？　何を騒いでる？」

「な、何って……」

「ルーク様！　リヒトがっ、リヒトが……っ！」

ソフィアは涙目になってルークに縋りついた。蛇を掴んだまま立っているリヒトを指差し、必死で訴える。

「蛇なんて捕まえて……それにせっかくお手入れしたのに、あんなに泥だらけ」

蛇が逃げ込もうとした穴を掘り返したのだから、当然だ。しかも泥が跳ねたらしく、羽も汚れている。今朝雨が降って地面が濡れていたのがよくなかった。

「どうしてそんな格好で蛇を掴んでる？」

「みんなが怖がって騒いでるから、捕まえてやったんだよ」

本当かとルークが使用人たちに聞くと、全員何度も頷く。蛇なんて滅多に見ないのだろう。むしろリヒトのおかげで安心だと言う者もいて、ソフィアは少々不満げだ。

「ほらな。俺のおかげでみんなが噛まれずに済んだんだぞ。危ないから焼いて喰おう」

「蛇って食べられるのか！」

ダレルが好奇心を剝き出しに目を輝かせた。

「骨が多いけど結構旨いぞ」

「だ、駄目よ、蛇なんて食べたらお腹を壊しちゃう」

「俺は喰ってたぞ」

「どんな味?」

「やだっ、チャーリーまで! もう知らないから! 羽のお手入れだってしてあげない!」

ソフィアはとうとう屋敷の中へ駆けていった。少々かわいそうだが、美しさを保つためにオイルを塗られたりするのはうんざりだ。むしろありがたい。

「ルーク様! 蛇を料理していいですか?」

「午後からリヒトを連れて出かける。それまでだぞ」

「ありがとうございます! リヒト、行こう!」

嬉しそうにしているダレルに促され、蛇を掴んだまま歩き出した。使用人たちもこれで安全だとばかりに、それぞれの仕事に戻っていく。

庭は先ほどまでの騒ぎが嘘のように、再び静けさを取り戻していた。

残ったのは、ルークとチャーリーだけだ。リヒトが蛇と格闘した痕跡——爪を立てて襲いかかったからだろう——芝が掘り返されているところがある。

「あとで庭師に言って綺麗にしてもらいます」

「ああ、頼む」

「だけどリヒトは滅茶苦茶ですね」

見た目は美少年だが、やることは野生児だ。こちらの想像をいとも簡単に超えてくる。

「それにあの蛇、この前オライリー家から逃げ出したペットの蛇なのではないですか？」

「だろうな」

ルークは平然と答えたが、チャーリーは頭を抱えている。毒はないため見つけ次第確保して届けるようにと言われているが、死んだ状態で返せば問題になる。

特にオライリー家とは考え方に隔たりがあり、私的なつき合いは最小限にとどめていた。特権階級の一番の務めは子孫を残すことだが、それに胡座を掻いて遊び暮らしている者とは相性が合わない。政治にもまったく口を出さず、緋色の階級にほとんど任せているのだ。本来あるべき姿なのかもしれないが、馴染めないものは馴染めない。

「どうしましょう。仕留めてしまったから、問題になるんじゃ」

「黙っておけ。焼いて喰うなら証拠も残らない」

チャーリーが目を丸くして自分を見ているのがわかった。

「なんだ？」

「いえ……」

口には出さないが思うところがあるようで、もう一度聞く。すると、意外な言葉が返ってきた。

「ルーク様はリヒトの影響を受けてるんじゃないですか？」

そうなのか、と自問するが、わからない。

「みんなには口止めしておきます」

「ああ、頼む」

チャーリーは他に漏れないうちにと、使用人たちを追いかけていった。ルークも戻ろうとしたが、黒い羽が落ちているのを見つけて足を止める。立派な羽だ。なんとなく手を伸ばして拾った。

軽く、艶があって低危険種の羽とは思えない。それを太陽に掲げ、表、裏、と指先でクルクル回して光に透かした。

黒い羽。不吉な色。忌み嫌う者も少なくない。だが、なぜ黒い羽が不吉とされたのかわからなくなっていた。蛇を捕まえたリヒトの姿を思い出す。

真っ黒な姿は異質だった。そして、異彩を放っていた。大きな眼状斑はモノトーンだが、ラメが入ったような輝きが特徴的だった。誘われるように、羽を唇でなぞる。ふわふわとした綿状羽枝は柔らかく、シート状の羽弁は冷たくていい感触だった。

「醜い？　どこがだ……」

再び光に透かしたあと、ポケットにしまう。

他人の羽を美しいと感じたのは、屋敷に飾ってある絵画以外では初めてだった。

# 3

ルークの屋敷に来て、二ヶ月ほどが過ぎていた。

特権階級の者は贅沢に遊び暮らしているのだと思っていたが、意外なことに市街地へ視察に行ったり、警察に出向いて治安の状況を聞いたりで大忙しだ。ただし、他の特権階級の者が必ずしもそうとは限らない。

アエロ地区にいる七つの特権階級の家系のうちネヴィル家とラザフォード家とオニール家は政治にも参加する考えで、オライリー家とイーガン家とリンメル家は階級意識が強く、絶対的地位にいる者の当然の権利として遊び暮らしているという。イアンがいるスペンサー家は中立的な立場だ。また、政治に関心を持っている家系でもルークほど精力的に『中央』からは出ないとチャーリーから聞いた。絶滅の危機に瀕(ひん)している立場とあれば、自分の安全を第一に考えるのは当然だろう。それなのに、ルークは警察に協力して現場に向かうことすらあるのだ。ほとんどが上空から指示を出すだけだが、それでも十分危険だ。

しかも、『中央』のみならずアエロ地区から出ることもめずらしくはなく、オキュペケ地区やケライノ地区、ポタルゲ地区に出向いて虹色の羽を持つ者との会合にも出席していた。それぞれの区が抱える問題を解決するために意見交換し、何時間も費やす。外で食事を摂る機会も多く、リヒトはそのたびに毒味役としてルークのサポートをしていた。

「いててて……」

ベッドに座っていたリヒトは、怪我を負った腕の包帯を取ると血で汚れたそれをゴミ箱の中へ放り込んだ。

「ったく、昨日は不覚だったな」

このところ貧民街にも居着かず盗賊のような真似をしている低危険種が増えており、オキュペケ地区から戻る最中に襲われた。さすがのルークも最近は警護の者をつけるようにしていたが、彼らの護りをすり抜けた男が馬車の扉を開けて中に侵入しようとしたのだった。突き出された刃物を見て反射的に突進したはいいが、転げ出た勢いで二の腕を怪我したのは我ながら間抜けだと思う。

包帯を替え、着替えを済ませて部屋を出た。ルークと廊下で鉢合わせする。長袖の下に隠れているが、その視線が包帯を巻いた二の腕に注がれているのがわかった。

「なんだよ?」

「傷はどうだ?」

「え……？」

「痛むのかと聞いてるんだ」

まさか特権階級に気遣うようなことを口にされるとは――。

リヒトはすぐに返事ができなかった。およそ心配している口ぶりではないが、ルークなりに気にかけているのかもしれない。ものすごく痛いと言ってやりたかったが、口から出たのはルークを安心させる言葉だ。

「そんなにヤワじゃねぇよ」

「そうか。それならいい」

「で、今日はどこ行くの？」

「まずはケライノ地区だ。ブラッドリーと会うことになっているからな」

ブラッドリー・アボット――ケライノ地区にいる特権階級の一人で、この二ヶ月で一番多く会っている人物だ。政治に対して積極的に参加している。

ブラッドリーは光の加減で虹色に光る美しい金髪の青年で、ルークとは子供の頃からよく知った仲らしい。社交的なうえリーダーシップを執るタイプで、リヒトを初めて見た時は「驚くほど綺麗な子だな」とむず痒くなることを口にした。ルークに比べて敵が少なそうだ。緋色の階級の者とも上手くつき合っているという。

「どうした？　あいつに会うのが嬉しいか」

「は？　なんで？　ま、あんたより優しいけどね」

ダイニングルームに行くとすでに朝食の準備ができており、ソフィアたちが待ち構えていた。

「まだ寝ていたの？　まったくねぼすけさんね。それとも傷が痛んで眠れなかったの？」

「ルーク様に心配をかけるなよ。よく効くって噂の薬を手配してやったからな！」

「ダレルの言うとおりだ。早く治すのだぞ。いつまでもダラダラしていると立派な大人にはなれないのだからな」

偉そうな態度にはもう慣れた。リヒトのほうが階級が下ということもあって三人はいつも威張っているが、大人たち——特にルークに媚びる緋色の瞳の大人たちのような蔑みはない。むしろ懐かれているとすら感じている。

「ほら、顔を洗ってお食事よ。今日こそちゃんとマナーを覚えてね」

マナーと言われてげんなりした。食事の時は、ある一定の法則に従って食べるよう強要されている。正式な場に出ても恥ずかしくないようにとのことだが、なぜ貧民街で育った自分がと、不満は募る一方だ。

「なんで俺までお作法を学ばなきゃなんねぇんだ」

「これまでルーク様はあまり人を傍に置かなかったの。でもあなたのことは気に入ってるみたいだから、常に傍にいて役目を果たすのよ」

気に入っているという点には同意しかねるが、これ以上何か言うと倍になって返ってきそうで、黙って席に着いた。

給仕の者がスープを運んできて、食事が始まった。だが、ナプキンを広げるタイミングやスプーンの使い方など、何から何まで指示される。

「スプーンは手前から奥へ動かすって言ったでしょ！」

「こんなもん啜りゃいいだろう」

「駄目！　そんなことをしたらひっぱたくわよ！」

結構なスパルタだった。あれは駄目、これは駄目、こうしなければならない。口うるさくて味わうどころの話ではなかった。食べた気がしない。生殖行為も同じだ。食欲も性欲も減退するようなことばかりしている。

口うるさい三人に辟易しているリヒトの向かいで、涼しい顔でいるルークが視界に映っているのもなんだか腹立たしかった。

「ちゃんと覚えなきゃ。いつ正式な場に出なきゃいけなくなるかわからないのよ」

「そうだ。貴様の妙な振る舞いはルーク様の評価にも関わるのだぞ！」

「はいはい」

「返事は一回！」

「は〜い」

「伸ばさない！」

ソフィアとダレルの二人にうんざりしていると、チャーリーがテーブルの向こうから不満そうに眺めている。

「なんだよ?」

「どっちが子供だか」

「――ぷっ」

こんな子供に言われるとは思っていなかった。

「ルーク様。リヒトは躾がまったくなってないです。ふた月経ってこれです」

「ほどほどにしておけ。こいつが澄ました連中の前で野生児並みに飲み喰いしたら、あいつらは血相を変えるだろうな。それも面白い」

「ルーク様までそんなことを……っ」

ソフィアはとんでもないと言いたげだが、緋色の瞳を持つ男たちの前でもこの男は似たようなことを口にしていた。表面を取り繕う上層階級の者たちを嫌悪するのと同時に、その中で担ぎ上げられている自分を嗤っているかのような態度だ。

時折見せる憂鬱な横顔――いや、憂鬱すら感じていないのかもしれない――どこか哀しげで諦めの色を隠せない表情の原因がおそらくそこにある。

「なんだ?」

「――っ! 別に。それよりルーク様。俺の家族はちゃんと飯喰えてるのか? 俺がいないとお袋も妹も食べていけないんだからな」

「心配するな。手配はしてる」

本当かどうか怪しいものだ。疑いの目を向けると、チャーリーが大人びた顔で諭すように言う。

「ルーク様は約束はお守りになる方だ。信じていい」

その絶大な信頼は、どこから来るのだろうか。

「しっかり食べておけ。今日はブラッドリーのところから戻ったら、夜も仕事がある」

「イアンと子作りかよ？　今度はちゃんとやる気になんの？」

挑発したが、無視された。はは、と乾いた笑みを漏らす。憎たらしいことこの上ない。

「ルーク様。そんなに予定をつめて大丈夫ですか？　今度農村部にも行かれる予定だって聞きました。とても心配だわ。わたしは反対です」

「農村部の者は儀式や祭りを大事にしているからな。豊穣を祈る儀式に俺は不可欠だ」

「でも、そんなことをされるのはルーク様だけです。オキュペケ地区にもケライノ地区にもポタルゲ地区にも、わざわざ農村部にまで出向く特権階級の方はいないそうです」

「お前まで四六時中子作りしろと言うのか。政治は緋色の者に任せればいいと？」

静かだが、明らかに咎める口調だった。それはソフィアにも伝わったようで、口を噤む。

「ごめんなさい。ルーク様をそんなふうに思ったことは一度も……」

ソフィアが泣きそうな顔になったからか、ルークは軽くため息をついて今度は柔らかな口調で言った。

「俺こそきつい言い方をして悪かったな。心配してくれているのはわかっている。もちろん、俺に課せられた役割についてもな」

自分に言い聞かせるようなルークに、なんとも言えない気分になる。息がつまりそうだ——そんな声が聞こえてきそうだった。


食事が終わると、リヒトはルークとともに馬車でケライノ地区へと向かっていた。馬に乗った警護の者が二人いて、馬車の前後を守っている。ただ運ばれるだけの時間が退屈だからなのか、ぼんやりと考えごとをしていた。今夜はあの美しい青年のところへ子作りに行くのだ。つまり、例の仕事が待っている。いまだ慣れない。

生きるために精一杯だったリヒトは、物思いに耽るなんて今までになかった。それなのに、ここに来て考えごとばかりしている。特権階級の生活が、リヒトの想像と違うからなのかもしれない。ここはリヒトがいる貧民街よりずっと複雑で、わかりにくい。特に緋色の瞳の男たちは、ルークにかしずきながらも腹に一物抱えている。

そして何よりわからないのは、ルークその人だった。目の前に座っている男をチラリと見て、ため息をつく。

(そりゃうんざりもするよな)

一瞬だけだが、ソフィアに見せた苛立ち(いらだ)の意味がなんとなく理解できたリヒトは、ルークの見方が今までと少し変わってきた。

これまでイアンのところを十五回ほど訪れているが、奥の部屋に五分以上いた例(ためし)がない。時間をかけて準備をしてもすぐに帰るといった具合だ。遊び暮らし、享楽に耽っている者も多いだろう。彼らは自分たちに課せられた役割を喜んで果たしているはずだ。だが、何度通ってもイアンとの繁殖に成功しないルークは違う。

「あのさ……、今夜はイアンのところだよな?」

「そうだ」

「あんたら、間違ってるって思わねぇの?」

「何がだ?」

本気でわかっていないのかと、脱力した。説明してもおそらく無駄だろう。

「もういいよ。あんたと喋(しゃべ)ってたら頭おかしくなりそうだ」

その時、ガタン、と大きな音とともに馬車が傾く。

「——ぅわ……っ!」

馬車は動かなくなった。外で警護の者たちが何か話している。ルークが窓から外の者に声をかけた。

「何をしてる?」

「それが……」

身を乗り出して窓から覗くと、大きな溝に片側の車輪が落ち込んでしまっていた。

「いったん降りるぞ」

促されて従った。石畳の一部が壊れており、運悪くその上を車輪が通ったようだ。完全に嵌まり込んでいる。馬車を操っていた御者は自分のせいだと気に病んでか、ルークの前に出てきて深々とお辞儀をした。

「この道を真っ直ぐ行ったところに知り合いのパブがございまして。ここ半年は店を休んでおります故、客はいないはずです。休憩の必要があれば立ち寄ると伝えております。よろしければそちらでお待ちください」

点検に時間と人手がいると言われ、二人だけ馬でパブに向かうことになる。

「警護くらいできるけど、俺は馬になんか乗ったことねぇよ」

「使えない奴だ。乗せていってやる。ほら、早くしろ」

せっつかれるようにして馬に跨がった。その後ろにルークが乗る。ルークが手綱を握ると背後から抱かれているような格好になり、妙に照れ臭かった。背中に人の体温を感じると、あの行為を思い出す。

「これで行くのか?」

「なんなら走ってついてくるか? それでもいいぞ」

「いや、乗ってく」

動揺を悟られまいと、そのまま運ばれることにした。馬車とは違い、振動が激しくて馬の背中に何度も尻をぶつける。

しばらくすると、御者が言っていた特徴の建物が見えてきた。二人は馬を下り、ルークを待たせてリヒトが先に店の中を覗く。ちょうど中年の女が出てくるところだった。事情を説明すると、店の奥に向かって大声で叫ぶ。

「あんた! ルーク様がおいでだよ! アエロ地区のルーク様が本当にいらしたよ!」

店の奥から頭頂部の薄くなった中年の男が出てきて、目を丸くしたあと何度も頭を下げた。額に汗を浮かべて頰を赤らめている。

「ようこそ、おいでくださいました。まさか本当に立ち寄っていただけるとは……」

「馬車が追いつけばすぐにここを出る」

「そのようなことをおっしゃらず、少しゆっくりなさってください。さ、どうぞどうぞ」

誰もいない店内は、薄暗かった。男がいそいそと窓を開けると、差し込む光が空気中に舞う埃を浮かび上がらせる。それなりに片づいていて、半年も店を休んでいるとは思えなかった。

　ほどなくして、紅茶が出てくる。甘い匂いの焼き菓子もだ。

「本当にいらしてくださるのならもっといいものをご用意しましたのに。ですが、家内の焼き菓子は近所でも評判でして……。お口に合うといいのですが」

「構うな。十分だ」

　男が期待した目でルークに食べて欲しいと訴えているからか、意外にも手を伸ばす。慌てて制した。ルークが怪訝そうな顔をしたのは驚きだ。その反応は、およそ地位のある者のそれではなかった。出されたものに無防備すぎる。

「毒味しろって言われてる。あんた、忘れたのか？」

「そうだったな」

　店主の顔が曇った。目の前ではっきり言葉にすべきではなかったかと思うが、これも仕事のうちだ。いちいち相手を気遣うスキルなどリヒトにはない。

「悪いな、おっさん。偉い人だからさ、なんでもかんでも口に入れるわけにはいかねぇんだよ」言って焼き菓子を割って片方を口に運ぶ。旨い。紅茶も啜った。

「いえ、当然のことでございます。こちらこそ、不躾にも家内の手作りのものを出すなど失礼を……」

「いや、気にするな。気遣いに感謝する」

恐縮する男に向かって、ルークはそんな優しい言葉をかけた。自分への態度とえらく違うじゃないかと、恨めしげな視線を送らずにはいられない。

「そういえば馬車が立ち往生しているそうですね。様子を見てきましょう。場合によっては職人を呼んだほうがいいかもしれません。お二人はどうぞここで……」

男はそう言い残して店を出ていった。

「あんた、結構優しいんだな」

「どういう意味だ？」

「気遣いに感謝する、だって。あんなこと俺には言わねぇだろ」

挑発したが、ルークは自分のペースを崩さない。

「お前は俺に気遣いをした例があるのか？」

「う……」

ぐうの音も出ないとはまさにこのことだ。感情の籠もらない言い方も相俟（あいま）って敗北感を味わわずにはいられなかった。冷静な男を挑発したのが間違いだった。子供じみた真似だったと反省する。

そして、二つ目の焼き菓子を二つに割り、口に放り込もうとした時だった。

「……っ！」

いきなり苦しくなり、リヒトは自分の胸の辺りに手を置いた。手から滑り落ちた焼き菓子が床に転がる。

「おい、どうした？」

「ぅ……っく、……ぁ……っく、……っ」

声が出なかった。息ができない。唇が痺れ、手足も痺れ、躰の先から冷たくなっていく。

座っていられず、ぶるぶると震えながら床に膝をついた。毒だ。

「どうした？　なんとか言え」

返事などできるはずもなかった。苦しいと訴えたいが、声にならない。

「おい、誰かいないか！」

夫婦の姿はなかった。ルークが何度も呼んでいるのがわかるが、返事がないところを見ると、菓子か紅茶に毒を仕込んだのだろう。

「うう……っ、……っく、……ぁ……あ……っ、あ、あっ」

ルークが叫ぶ姿を床に横たわったまま見上げる。見たことのない表情だった。焦っているのがわかる。

（あんた……でも、慌てるのか……）

ルークが店の奥へ行って水の入ったコップを持って戻ってくる。リヒトの横に跪くと一口飲んだ。しばらく様子を窺うような顔で待ってから、リヒトの口にコップを当てて飲ませようとする。

「ほら、飲め。この水は安全だ。食べたものを吐かないと死ぬぞ！」

信じられなかった。

先に水を飲んだのは、安全かどうか確認するためだ。毒味をするのはリヒトの役目だというのに、ルークはこの状態のリヒトにさらなる毒を注ぐことになるのを懸念し、自らの安全を脅かした。

絶滅危惧I種のくせに。

「これを飲んで胃の中のものを吐くんだ！」

わかっている。わかっているが、舌が痺れて上手く水を飲み込めなかった。業を煮やしたようにルークはグイッと水を呷ると唇を重ねてくる。

「う……っく、んっ、ぅんっ」

口移しで水を与えられてなんとか飲み込むと、今度は下を向かされて口の中に指を突っ込まれた。胃が口から飛び出るような感覚が迫り上がってきて、嘔吐する。

「もう一度だ」

同じことを数回繰り返した。しかし駄目だ。もう毒は回っている。手遅れに決まっている。諦めが心を蝕むが、ルークは違った。吐瀉物で自分の手が汚れることなど気にもせず、根気強く、繰り返し毒を吐かせようとする。

掃いて捨てるほどいる低危険種になぜそこまでするのか。一人死んだところで世界は変わらない。

なぜ。なぜ。なぜ――。

苦痛の中、リヒトは何度も繰り返していた。

アボット家の客室は、静かで、落ち着いていた。

借りた衣服に着替えたルークはベッドの横に座り、リヒトの寝顔を眺めていた。呼吸は安定しているのに、いつまでもここを離れられないでいる。

しばらくそうしていたが、おもむろに内ポケットからハンカチを取り出した。挟んでいたのは、二ヶ月ほど前に拾ったリヒトの羽だ。抜け落ちて時間が経っても、艶やかなままだった。何度も取り出して眺めてしまうのは、あの時の姿がルークの心を捕らえて放さないからだ。

鳥人の姿で蛇を摑んだまま立っていたリヒトは、生き生きしていた。眩しかった。羽の光沢だけが理由でないのは、わかっている。やることなすこと想像を超えることばかりで、目が離せない。次に何をするのか楽しみでもある。

軽くため息をつくのと同時に、ドアがノックされた。羽をハンカチに包んで再びポケットにしまう。そして、ベッドから離れたところにある別のソファーに移動した。

「様子はどうだい?」

「落ち着いてる」

入ってきたのは、昔からよく知っている男——ブラッドリーだ。相変わらず人当たりのいい男は、リヒトの様子をチラリと覗いたあとルークの向かい側に座る。

「わたしの地区でこんなことになろうとは……。申し訳ない」

「お前が気に病む必要はない。俺が連れてきた御者が姿を消した。馬車が立ち往生したのは意図的だったんだろう。計画だったんだよ。俺は少し前までつき人を置かなかったから、毒を盛るのは簡単だと思ってたんだろう」

自分の迂闊さが呼んだことだと、ルークは眉根を寄せた。人選には気を遣っていたはずだが、どこかに穴があったのだろう。戻ったら徹底的に調べなければならない。

「君も大変だ。相変わらず敵が多いのは、わたしみたいに愛嬌を振りまかないからだ」

「お前のような人徳がないんだろう」

「わたしはプライドがないだけさ」

幼なじみのブラッドリーは社交的で自分とは正反対だが、なぜか苦手ではなかった。気持ちのいい男で、本心を語り合える数少ない友人と言ってもいい。

「君がとうとうつき人を置くと聞いた時は、驚いたよ。どういう風の吹き回しだ?」

「周りがうるさいからだ」

「綺麗な子だ。上手いのか?」

「さぁな。お前のところの低危険種はどうなんだ? 確か一人いたな?」

「ああ、わたしのつき人になって二年になる。その子みたいに綺麗じゃないが、すごく上手だ。おかげでこの二年で三人懐妊した」

絶滅危惧Ⅰ種と絶滅危惧ⅠA種は数の少なさから一夫多妻や婚姻前の懐妊だけでなく、不貞行為と言われることも当たり前のように行われている。ブラッドリーは結婚の経験はないが、三人の子の親だ。

「やっと初めての子ができたかと思ったら、立て続けに二人。低危険種ってのは繁殖力が強いだけに、あっちのほうに精通している」

「そうだな」

リヒトとの行為を思い出した。低危険種が絶滅危惧Ⅰ種のために尽くすのは当然だと、疑ったことはなかった。子を作るのが自分たちの一番の役割であるのと同じだ。特にリヒトのように罪人として捕らえた者は、服役せずに済む。ルークは今までつき人を置かなかったが、見た目のいい低危険種が多額の報酬を得る代わりに繁殖の手伝いをするのは、他の特権階級のもとではよくあることでもあった。国を護るためには必要だ。

諸外国に侵略されて国そのものがなくなれば、多くの命が危険に晒される。

「一命を取り留めたのは、君の処置がよかったからだそうだ。医師が言ってた」

「そうか」

「服、ドロドロだったな」

「悪かったな。あんな格好で屋敷に入ってきて」

「そういう意味じゃない。必死に助けようとしたんだなと思ってね」

何が言いたいのか、よくわからなかった。見ると、嬉しそうな顔でこちらを見ている。

間が持ちそうになく、テーブルに置いてあるカップに手を伸ばした。紅茶はすっかり冷めていて、香りもへったくれもなかった。

「使用人を呼ぼうか？　熱い紅茶を淹れさせよう」

「いや、いい」

「君の部屋も用意した。そっちで休むといい」

「そうだな」

そう言いつつも、部屋を出ていく気にはなれなかった。冷めた紅茶をいつまでも啜っていたいわけでもない。

「なぁ、ルーク。死んでも構わない者をなぜ心配するんだ？」

ブラッドリーの言葉に、心臓が小さく跳ねた。

低危険種。死んでも構わない者。その他大勢。

この男は基本的にいい奴だが、時折鋭い刃物のような物言いをすることがある。事実を事実として言葉にしているだけだが、現実を突きつけられる。

「心配なんかしていない」

「せっかくの服をドロドロにしてまで助けたのにか？」

「目の前で死にかけてたんだ。つい助けただけだ。お前だって同じだろう」

「低危険種が死にかけても、わたしは自分の服を汚してまで助けない。特に自分が狙われてるとわかっている時は、失敗したら次を仕掛けてくる可能性がある。低危険種なんて放っておいて、まず自分の安全を確保するね。それが我々の役目でもある」

まただ。

特権階級の役目。子供の頃からずっと刷り込まれてきた。

だが、サラリと言われた言葉がなぜか引っかかった。これまでなら、なんとも思わなかっただろう。けれども、リヒトが来てから自分の中で何かが変わりつつあるのは、うっすら感じていた。

保護されるべき自分は、他の階級の者から護られて当然だと思っていた。虹色の羽を持つ者が多ければ多いほど国の力を示すことができ、安全を担保できる。それなのにリヒトが自分の代わりに怪我を負うたびに、胸の奥に形容しがたい不快感が湧き上がるのだ。もやもやして、胸を掻きむしりたくなることすらある。

しかも、今日は毒で死にかけた。

苦しむリヒトの姿を思い出し、再び言葉にならない感情がジワリと広がる。

命の価値は、違うはずなのに――。

「なぁ、ブラッドリー」

「なんだ？」

「俺の部屋は？」

「向かいだ。そのほうがいいだろう」

「遠慮なく休ませてもらう」

ルークはそう言い、リヒトとブラッドリーを残して部屋を出ていった。用意された客室に入ると、窓を開けて外を見る。

今夜はアエロ地区に戻ったら、イアンのところに行く予定だった。リヒトがこんなことにならなければ、今頃子作りに励んでいただろう。

リヒトに前戯をしてもらい、イアンを抱く。

経験がないわけではなかった。これまで何度も前戯の役目を担う者に準備をさせ、子作りに挑んだ。リヒトほど見た目の優れた者はいなかったが、それでもそこそこの容姿の者がサポートした。

だが、たった一つ、これまでとは違うことがある。

（なぜだ。なぜ、あんなことをするんだ？）

無意識に爪を噛み、夜気に自問を吐き捨てる。

最初の夜は十分生殖行為ができる状態になっていたのに、イアンのベッドに行かず擬似的なセックス——股に挟ませてリヒトの反応を貪った。自らリヒトを組み敷き、腰を使った。これまでになく倒錯めいた興奮に見舞われたのは、言うまでもない。

あの行為に嵌まったのか、二度目も同じことをした。三度目もだ。四度目以降は、リヒトの躰をまさぐる想像に浸りながら口で奉仕させた。物理的な刺激にというより、己の妄想に興奮したと言ったほうがいいだろう。これまで前戯の役目の者に対してこういった感情を抱いたことはない。

そして、ここ数回は危うく妄想を行動に移すところだった。寸前で思いとどまったが、頭の中に描いた行為に手を染めたかった。

今夜イアンを訪れていたら、実行しただろうか。

何度も繰り返される自問が堆積し、その重みで沈んでいくように、静かな夜はひっそりと更けていく。

アエロ地区に戻ってきたリヒトは、数日の自由を与えられた。

毒も抜けてすっかり元気だが、命の危険に晒されたリヒトへのルークなりの思いやりだろう。貧民街に残してきた母と妹のもとに帰ったのは、一昨日の朝だ。

二人はリヒトの帰りを喜び、涙した。久し振りの実家は相変わらずカビ臭い、ろくでもないボロ屋だったが、それでも馴染みのあるリヒトには思い出のつまった居心地のいい場所だ。一度離れたから気づいた。

また、出された食事が以前よりずっとよくなっていることから、ルークが約束をきちんと果たしているとわかった。一番よかったのは、母親が元気になっていたことだ。以前はずっと伏せっていたのに、今は昼食の後片づけのためにマキと台所に立っている。

「ねぇ、リヒト兄ちゃん。次はいつ帰ってくるの？」

「そうだな。いつかな」

今日の夜には屋敷に戻る予定で、マキからはもう少しいて欲しいという気持ちが伝わってきた。できることならそうしたいが、自分が戻らなければここに住んでいる者は、再びもとの貧しい暮らしを強いられるだろう。

「なるべく帰るよ。だから、母さんを頼むな」

「うん。兄ちゃんも無理しないで。――あ。ロアだ！」

マキの表情がパッと明るくなった。窓から家の中の様子を窺っている。戻ってきた日に少しだけ会ったが、家族水入らずの時間を邪魔しないように気を遣ったのか、あまり話をしないまま帰っていった。

「よ。中に入るか？」

「いや、ここでいいよ。ちょっと顔見に来ただけだからさ。マキちゃん嬉しそうだね」

そばかすだらけの顔をくしゃっとさせ、ロアは笑った。外に出て、少し歩く。壊れかけの壁や剝き出しの土とアスファルトの残骸。相変わらず貧民街は、寒々とした風景で包まれていた。

「捕まったまま一度も戻らなかったからな。お前が母さんたちに事情を説明してくれたんだろ？　ありがとな」

「いいよ。リヒトが自分を犠牲にして全部被ってくれたから俺たちは無罪放免だったわけだし。それにリヒトのおかげでみんな暮らしが楽になった」

「それならよかった。お前がちょくちょく様子見に来てくれるから、マキは女二人でも安心だってさ。お前がいてくれて本当に助かったよ」

「盗みもさ、今はしなくていい」

もともとそういったことはあまり得意としていなかったロアだ。たとえ金持ち相手でも、後ろめたさを抱えていた。それから解放されたのなら、こうなってよかったと思う。

風が吹いた。道端の雑草がゆらゆら揺れていて、リヒトはぼんやりそれを眺めた。以前なら寒さに身を縮こまらせただろうが、ロアは温かそうな上着を羽織っている。足元もボロボロの靴ではなく、つま先が十分隠れる新しいものだ。

「しばらくここにいるの？」

「いや、今夜『中央』に戻る」

「え、もう？」

「そ。俺は忙しいんだよ」

「そっか。そうだよな。なんかリヒトが遠くに行っちゃったみたい」

笑っているが、少し寂しそうだ。

「遠くにって……大袈裟（おおげさ）だな。ただ働いてるだけだ」

「どんな仕事してるの？　大変な仕事なんだよね。『中央』ってどんなところ？」

母親とマキにも似た質問をされた。自分たちは決して立ち入ることのできない扉の向こうへ、リヒトは入っていったのだ。特に虹色の羽を持つ者に対する憧れが強いロアにとって、一度覗いてみたい場所に違いない。具体的な仕事の内容を知らないだけに、憧れは膨（ふく）れ上がっているだろう。

「街並みは綺麗だな」

「それで？」

「それだけだ。ここに比べてなんでも綺麗で豪華で……でも人間が汚い」

「え、汚れた服着てるの？」

突拍子もない反応に、思わず吹き出す。

「違う。心の中だよ。なんとなく嫌な感じがする奴が多い。こう……他人の足を引っ張ろうとしてるみたいなさ。少なくともお前みたいにわかりやすい奴はいない」

「そうなんだ。大変そうなところだよね。苦労してるんだろ？　あ、ほら。じっとして」

ロアが頭に手を伸ばしてきて、一本毛を抜かれる。

「あいてっ」

「ご、ごめん。白髪だったからつい……」

「そんなもん抜かれたの初めてだよ」

「あははは……。俺も母さんのしか抜いたことなかったよ。リヒトってこの辺で飛び抜けて綺麗なのに、なんかおかしい。でもさ、こうして一時帰宅をさせてくれるんだね」

「まぁ、俺の雇い主はマシだから」

マシだから。

そんな言葉でルークを評価した自分に少し驚いた。なんでも話せるロアが相手なら、ルークに対する不満や悪口が山ほど出てきそうなものだが……。

そして、自分を助けてくれた時のルークを思い出す。苦痛の中で見たのは、必死な姿だった。慌てていたのかもしれない。いつも冷静な男が大声をあげて助けを呼んでいた。下から見上げた表情は、確かに切羽つまったものだった。

あの日着ていた服は、あれから見ていない。吐瀉物で汚したのだろう。

先ほどから風に揺れている雑草に、心が共鳴しているようだった。小刻みに動くそれは、なかなか安定しない。

「リヒトが服役することにならなくてよかった」

「俺にしかできない仕事があるんだよ」

「だよな。リヒトは前からすごかったもん。……何？」

親友をじっと眺め、言おうか言うまいか考える。

先ほどのマキの表情から、妹の中に芽生えた感情が何かすぐにわかった。自分が不在の間、一番頼れたのはリヒトの幼なじみで優しい心を持つロアだろう。当然の流れだ。

「お前がマキを貰ってくれたら、俺も安心なんだけど」

「え？」

「結婚ってこと」

「えっ、あっ、えっ、な、ななっ、なんで……っ」

わかりやすい反応にまた吹き出す。笑いを堪えようとするが、肩が激しく揺れた。ただし、笑ってはいけないと思うほど込み上げてくる。その様子を見たロアは唇を尖らせた。ただし、頬に浮かぶ微かな高揚は決して嫌がってなどいなかった。

「もう、ひどいな」

「ごめんごめん。でも、お前……バレバレだぞ」

「リヒトが急に変な話するからだよ！」

「でも好きなんだろ、マキのこと」

笑いが止まると、今度は真面目な顔でストレートに聞いた。ロアはすぐに答えなかったが、いつまでも黙ったまま見ているからか、耐えられずといった態度で白状する。

「……うん。好きだよ」

俯き、顔を赤くするロアに破顔した。ロアになら妹をやってもいい。

「あいつも間違いなくお前が好きだよ。特に俺がいなくなってからは、ずっと面倒見てくれただろ？　心の支えになってくれた。兄貴だからわかるんだよ」

目を丸くしたあと、今度は耳まで真っ赤になる。それだけで十分だった。あとは放っておいても二人の関係はしかるべき形に収まるだろう。

「そろそろ戻るか。結構遠くまで来ちまったな」

「そうだね。今夜帰るんなら、家族水入らずの時間を邪魔しちゃ悪いし」

「だからお前も家に入ればいいんだよ。一緒に晩飯喰っていきゃいい」

ロアは照れ臭そうだったが、何度も誘うと素直に頷く。胸が躍った。そうと決まればと、ロアを連れて家に戻る。お節介な兄貴をやるのも悪くない。

けれども家でリヒトを待っていたのは、鶯色の色の目をした男たちだ。

「お迎えに上がりました」

「迎え？　戻るのは夜遅くの予定だけど？」

「わたくしどもは命令に従ってここに来ただけで」

寒々とした風景の中で、馬車にだけ色がついているようだった。ルークはもともと他の特権階級に比べて着飾ったりということはなく、屋敷や家具なども全体的に落ち着いているが、それでもこの街では十分に派手だった。まさに別世界から来た印象しかない。

「夜中まで待てよ」

「そういうわけには参りません。戻りませんと」

せっかくロアと夕飯をと思っていたのに、それは許されそうになかった。

「ごめん、ロア。誘っといて帰るなんて……。でも、マキに言っとくから俺がいなくても飯くらい喰ってけよ。な？」

「うん。気にするなって。リヒトは大事な仕事があるんだし」

いったん家に入ると急な出発にマキは表情を曇らせたが、ロアが夕飯を食べていくと約束したと伝えると少し嬉しそうな顔になる。母親はリヒト一人に苦労を背負わせていることを詫(わ)びながら、躰には気をつけてと何度も抱き締めてくれた。以前よりずっと元気になったのが、自分に回された腕の力でわかる。それで十分だった。

家族との時間を過ごしたリヒトは、馬車に揺られて再びルークのもとへ戻った。屋敷ではソフィアたちがその帰りを今か今かと待ち構えている。

「帰ってきた！　リヒトが帰ってきたわ！」

「遅いぞ！　まったく、いつまでサボってるんだ」

「毒で死にかけたとはいえ、ルーク様のご厚意に甘えすぎじゃないか」

相変わらずの三人衆にげんなりするが、なぜか懐かしい気もした。この口うるさいチビどもにあれこれ言われるのに、すっかり馴染んだということだろうか。

「はいはい。ちゃんと戻ってきましたよ。そもそも予定より早く帰ったんだからな」

「何よ、その言い方！」

「明日は朝早くからルーク様にお供することになったんだからな！」

「何？　急用でもできたの？」

「違う。ルーク様はお前を置いていくおつもりだったのだ。だが、農村部に行くのだからそれじゃあ駄目だ。ルーク様はお前に気を遣われてたんだぞ」

迎えを早くよこした事情を冷静に説明するチャーリーの言葉を聞き、ロアに言った自分の言葉を思い出した——まぁ、俺の雇い主はマシだから。

廊下を奥に進んでいくと、ルークが例の絵画の前に立っていた。すぐに声をかけられなかったのは、その横顔があまり見ない表情を覗かせていたからだ。

やはり、恋をしているのか。

絶滅種と絶滅危惧I種が翼を広げて飛んでいる姿を描いたそれは、ルークの心を捕らえて放さないらしい。子作りが成功しない理由も、多少なりともこの絵が関係している気がした。胸がチクリと痛む。

(なんだ、これ……)

無意識に胸の辺りを摑み、深呼吸した。常に冷静で感情的にならない男が人知れず恋をしている——そう思っただけで、心を掻き乱される。

ルークはリヒトの姿に気づいて、絵画から目を離した。

「帰ったか」

「ああ。……ただいま」

なんとなく言葉にしにくかったのは、貧民街にある自分の家に帰った時と同じ言葉だったからだ。

「どうした?」

怪訝そうな顔のルークに「別に」とだけ答え、自分の部屋へ向かう。

「そろそろ夕食のお時間です、ルーク様。リヒトも手を洗ったらさっさと席に着くのだぞ! 今日こそマナーを習得してもらうからな!」

威張った口調のダレルの声が背後から追いかけてきて、リヒトは深々とため息をついた。

翌日。ルークと向かい合って馬車に座るリヒトは、ガダゴト鳴る馬車の音をただ黙って聞いていた。

馬車の前後に馬に乗った男が二組ずついる。ついこの前、毒を盛られそうになったことを考えて警護の者を増やした。それでも多いとは言えない。ルークがぞろぞろ連れていかないのは、これから向かう先の負担を考えてのことのようだ。おそらくこの男の優しさだろう。

チラ、と見ると、ルークは目を閉じたまま微動だにしない。眠っているのかと思うほど静かだ。ルークには静寂が似合う。

「お前は本当に野生児だな」

いきなり話しかけられ、少々焦った。閉じられていたルークの瞼がゆっくりと開き、冷たい視線を注がれる。なんのことを言われたのかは、すぐにわかった。思わず反抗的なことを口にしてしまう。

「今さらなんだよ。俺を屋敷に呼んだのはあんただろ?」

それは、昨日の夕飯の時だった。

食事のマナーにうんざりしたリヒトは、予定外に早く帰らされたことも手伝い、反発心から夕飯の席に着かなかったのだ。しかし、時間が経てば腹は減る。食品庫に忍び込んで勝手に食べ物を漁った結果、罰として部屋に閉じ込められた。外から鍵をかけられて自由を奪われたのだが、その程度でおとなしくしているタマではない。

部屋は三階だったが、鳥人の姿になって窓から脱出した。もちろん、飛べるとは思っていない。これまで飛んだこともなかった。

上手く着地できずに花壇の中に落下したのは、当然の結果だ。そこにソフィアが大事に育てていた花の苗が植えられていたのは、運が悪いとしかいいようがない。それを知った彼女は真っ青になったあと、火がついたように泣き喚いた。ルークも手を焼くほどのショックの受けようで、さすがにやりすぎたと反省している。

「お前は子供か」

「俺から自由を奪おうとするからだよ」

素直に自分の気持ちを言葉にできないリヒトは、ついそんな物言いをしてしまっていた。ソフィアにもまだちゃんと謝っていない。リヒトの言動に呆れたのか、ルークはこれ以上話しても無駄だとばかりに再び目を閉じる。

農村部まで馬車の中に二人きりなのかと、息苦しかった。虹色の瞳は瞼の下だが、やはりどこか高貴な印象だ。光の当たり具合によって黒髪が微かに虹色に光って見えるのもそう感じさせる要因だろう。絵画を見ているようだ。

ルークの屋敷にある白い鳥人の絵は、ソフィアたちもよく眺めている。腹の足しにならないのに何が楽しいのだろうと思っていたが、今はその気持ちが少しだけわかる。寒さに凍えることも、空腹で目が覚めることもなくなった今、リヒトは美しいものを愛でる意味を理解しつつあった。

「なんだ？」

「えっ、別に？」

「俺を見ていただろう」

「見てねぇよ。自意識過剰なんじゃないの？」

見惚れていたなんて言えず、わざと挑発的なことを言う。そして、さらに言葉を重ねてしまうのだ。

「そもそもさ、野生児とか子供とか言ってくれるけど、そんな俺の手を借りて繁殖しようとしてるのはどこのどいつだよ？　せっかく勃たせてやってんのに、いつもすぐ出てくるしさ。なんで簡単に萎えるの？　絶滅危惧種様は繊細だな」

「お前たちのように動物的ではないだけだ。それよりお前は自分で言うほどテクニックはない。本当に慣れてるのか？」

「――っ！」

挑発は不発だった。経験のことにこれ以上触れられると、困るのはリヒトだ。そっぽを向き、やる気のない言い方で話を終わらせる。

「次はがんばりま〜す」

自分一人が感情を揺さぶられている気がしてならない。

市街地を出てからどのくらい経っただろうか。馬車は人気のない場所を通り、森を抜けて農村部へと辿り着いた。貧民街より随分マシだが、市街地に比べて民家は粗末なもので質素な生活だとわかる。けれどものどかな風景は悪くなかった。

「ルーク様。ようこそおいでくださいました」

出迎えたのは、黄土色の瞳を持つ男たちだ。全員が嬉しそうに笑みを浮かべながらルークを取り囲む。心待ちにしていたらしい。ソフィアたちの姿と重なった。緋色の瞳の男たちのように、表面だけを取り繕って何を考えているのかわからない連中とは違う。

村長らしい男が案内しようとするが、リヒトの瞳の色に気づくなり表情を曇らせる。

「そんな顔をするな。不吉な色だと言いたいのだろう」

「も、申し訳ありません。祭りの日なものですから、少々驚きまして」

「危険から護ってくれる者だ。先日も命を救われた。不吉な存在ではない」

その言葉を聞いて安心したらしく、男は表情を緩ませて深々と頭を下げた。

「確かにお姿は美しく、ルーク様のお傍におられる方として相応しゅうございます。さ、こちらへ……」

通されたのは、この辺りでは一番大きいが粗末な農家だった。他の地区の特権階級は誰も農村部に行かないというソフィアの言葉が、真実味を増す。

「このようなところにお越しくださり、感謝いたします」

「俺のことは構わなくていい。祭りの準備を続けてくれ」

また二人きりになった。一緒に来た他の四名は、外で警護をしている。

太陽が西の空に傾き、東の空を星が飾り始める頃、音楽が聞こえてきた。笑い声もだ。祭りの音は、この部屋の静けさを際立たせる。沈黙に耐えられず窓から外を見ると、男も女も踊り、楽しんでいた。

踊りや歌で豊穣を祈るのだ。虹色の翼を持つ者がいれば盛り上がるだろう。

「ケライノ地区で毒を盛った男……」

「え?」

「徹底的に調べた。御者が腹痛を起こして代わりの者が来たらしい。おそらくそっちも軽い毒を盛られた。代理の御者は金を摑まされたんだろうが、いまだ行方がわからない。パブの夫婦もだ。店は長年休業していたところを使ったようだな」

「もう逃げたんだろ? それか雇った奴が匿(かくま)ってるか」

「ここでは持ってきた水以外何も口にするなよ。俺もしばらく外では食事はしない」

ルークはおもむろに立ち上がり、外に出ていった。慌てて追いかける。

「おい、いいのかよ。せっかくの毒味役がいるってのに、俺がいる意味ねぇだろ」

「おとなしくここで待っていろ」

そう言い残し、小屋の隣にある布で覆われた場所へ入っていった。地面の四ヶ所に杭を刺し、紐で繋いでそれに布をかけて壁を作っただけの簡易なものだ。天井すらない。

あの中で祈りでも捧げるのかと思ったが、次の瞬間布がふわりと翻り、鳥人の姿になったルークが藁の束を口に咥えたまま飛び立った。風が起こり、思わず腕で顔を覆う。歓喜の声が上がった。

広い農地の中に、オレンジ色の炎が見える。ルークの向かった先はそこだった。追いかけ、人々に混ざって空を見上げる。炎に照らされたルークの姿が、星の輝く夜空を背景に浮かび上がっていた。それを見た時、リヒトが受けたのは言葉では形容しがたい衝撃だ。

(なんて……綺麗、なんだ)

闇と炎。その二つがルークを歓迎し、称賛している。

周りの者は不吉な黒い瞳を持つリヒトなど見向きもせず、上空を見上げて感嘆の声をあげていた。その中でポカンと口を開けたまま、立ち尽くす。

ルークは火の遥か上を旋回していたが、描く弧はどんどん大きくなり、農村部を見下ろすようにそびえ立つ山のほうへと向かった。満天の星の下、上尾筒を靡かせて飛んでいく姿は神々しくすらある。

これが、絶滅危惧Ⅰ種。圧倒される。

しかし、ルークの姿が拳ほどの大きさまで遠ざかった時、バランスを崩したかに思えた。目を凝らすと、一度体勢を整えたルークに向かって何かが一直線に向かっていく。

広場の中から悲鳴があがった。

「ルーク！」

矢で翼を射貫かれたのが見えた。羽が舞い、体勢を崩しながら森の中へと落ちていく。

広場は騒然となった。

「ルーク様！　ルーク様がっ！」

「何が起きたんだ！」

突然のことに戸惑う声の中、リヒトだけは冷静だった。いったんそこから離れ、武器になるようなものはないかと探した。干し草を移動させたりする時に使うピッチフォークという先端が四つに分かれた農具を掴む。そして、繋いであった馬に飛び乗った。

「おっと！　おとなしく言うこと聞けって！　ルークが殺される！」

馬は驚いてリヒトを振り落とそうとしたが、ルークの名前を口にした途端リヒトの訴えを理解したかのようにおとなしくなった。警護の者が駆けつけてくる。

「いくらなんでも神事の最中に襲うなどあり得ない！　いったい何が……っ」

「あり得ないも何も、あんたらも見ただろう！　翼を射貫かれた。手分けして捜すぞ。あんたは『中央』へ戻って偉い連中……じゃない、警察だ！　警察を連れてこい！」

緋色の瞳の連中が役に立つとは思えなかった。かと言って誰に助けを求めていいかわからず、先にルークが落ちていった方向へと馬を走らせる。

（どこだ……？）

森に入ったが中は暗く、すぐに見つかりそうになかった。なんとか馬を操り、立ち止まらせて耳を澄ます。そんなふうに走っては止まり、走っては止まりを繰り返しながら捜していると、ただならぬ気配を感じてリヒトはそちらに向かった。

「ルーク！」

木々の向こうに、布きれで顔を覆い隠した者が複数見える。体格から全員男のようだ。

「お前ら何やってるんだ！」

持ってきた農具を振り回すと、突然のことに男たちは慌ててバラバラに散った。だが、すぐに反撃されて落馬し、主を失った馬は逃げていく。

「――どうして来た！」

「どうしてって、そりゃ来るだろ！　あんたが矢で射貫かれたのを見たからだよ。警護の連中も森に入ってる」

六人。

囲まれ、ルークと背中合わせになった。リーダーらしい人物が、離れたところにいるのが見えた。全部で七人だ。両手で農具をしっかりと握り、小声でルークに言う。

「俺が囮になるからあんたは逃げろ。怪我してても少しくらいなら飛べるだろ？」

次の瞬間、リヒトは大声をあげながら滅茶苦茶に農具を振り回した。勢いに押されたように男たちが散る。

今だ。今逃げろ。

心の中で強く訴えた瞬間、バサバサ……ッ、と虹色の翼が広がるのが見えた。巻き起こる風。

ルークが飛び立つ瞬間、自分はここまでだと観念する。せっかくのチャンスを邪魔したリヒトは、殺されるだろう。それも仕方がない。数日前も毒で死にかけた。こういう運命なのだ、低危険種は。

しかし、次の瞬間、ルークは右足でリヒトの二の腕を摑んだ。

「うわ……っ！」

ふわりと躰が浮く。けれども一度森を見下ろすところまで上昇したはいいが、すぐにバランスを崩して失速した。やはり傷は深いのだろう。

「俺に構うな！　このままじゃ落ちる！」

下から見上げたルークは遠くをしっかり見つめていて、リヒトを放しそうになかった。

瞳には強い意志が浮かんでいる。それは、決して見捨てないという思いに違いなかった。

どうして――。

毒を盛られた時と同じだ。

特権階級のルークが、最下層の身分の自分をなぜ助けようとしているのかわからず、戸惑った。けれども考える余裕などない。すぐに二人の躰は深い谷底に落ちていった。

ザザザ……ッ、と顔を枝に叩かれる。それでもルークはリヒトをしっかりと掴んだままだ。鋭い爪のある大きな指が二の腕に喰い込み、最後は地面に叩きつけられた。

「――っく！」

「ぁ……っく」

二人の呻(うめ)き声が、静まり返った森に吸い込まれる。物音といえば、時折山鳩(やまばと)の声が聞こえるくらいだ。

「大丈夫か？」

「ああ、まさかあんたがこんな強引なことをするとはな」

自分一人ならなんとかなっただろうに、どうして助けようとしたのか。聞きたいが、なぜか聞けなかった。

「誰だよあいつら」

返事はなかったが、その代わり「これを見ろ」とばかりに左足にしっかりと掴んでいた

ものを差し出す。ルークの翼を射貫いた矢だ。

「こんな武器を使う奴は貧民街にもとどまらない連中だろ？　盗賊みたいなことやってる」

「そう思うか？　鏃をよく見てみろ。貧しい者が手にできるものじゃない」

ルークの言うとおりだった。真新しく、鋭く磨き上げられていて、安物には見えなかった。そして、あれは見間違いだったのではないと確信する。六人に取り囲まれた時、一瞬だけ見えた七人目の男の瞳。

「どうした？」

「あんたを狙ったのは、緋色の連中だろ？」

「気づいたか？」

ルークは不敵に笑った。

絶滅危惧ＩＡ種。農具を振り回すリヒトに応戦しようとした男たちとは、明らかに体格が違った。そして攻撃に加わらなかった。ことの成り行きを最後まで見届けるためにあの場に居合わせたとしか思えない。

「どうして緋色の連中があんたを狙うんだ？　あんたの存在は国力の象徴だろ？」

「俺には敵が多いからな。上層階級の中には俺を邪魔だと思っている奴も少なくない。オライリー家のように特権階級が繁殖第一の考え方をしてくれたほうが、自分たちが政治に大きな影響を与えられるからな。しかも、俺は子作りに成功した例がない」

「なんだよ、それ」

まるで道具だ。自分たち低危険種だけがそうだと思っていたが、特権階級もまた、子供を作るための道具——国力を示すための道具としか見られていない。

「でも、いくら自分たちの思いどおりにならないからって殺すか？　特権階級の数が減れば国力の低下を敵国に教えることになる」

「生け捕りにするつもりだったのかもしれない。確実に殺したければ、俺ならピストルを使うか鏃に毒を塗る」

「生け捕りって……」

考えたくはなかったが、絶滅危惧I種の子供は必要だ。監禁して子供を作らせ、別の特権階級の子として育てる。子供なら自分たちの考えに染めるのは、比較的容易だろう。

「でも、この前ケライノ地区であんたを毒殺しようとしたことと辻褄（つじつま）が……」

「……っく」

肩の傷が痛むのか、ルークは顔をしかめた。出血が多いようだ。リヒトを摑んで飛び立ったからだろう。今はあれこれ考えている暇はないと、立ち上がってルークに肩を貸す。

「行こう。緋色の男が翼を晒してまで追跡してこねぇだろうけど、念のため移動するぞ」

「馬鹿な奴だ。俺を捜しに来るからこんなことになる」

「怪我してんのに俺を抱えて飛ぼうとしたあんたに言われたくねぇよ」

「魔が差しただけだ。――ぅ……っ」

ルークは翼をダラリとさせ、上尾筒を引きずりながら歩いた。項垂れ、リヒトに寄りかかりながらなんとか足を進めている。

不謹慎だが、怪我を負っていても美しかった。虹色の眼状斑は暗がりでもはっきり浮かび上がり、王の羽織るローブのようだ。誰をも寄せつけぬ高貴さを感じる。

イアンの上尾筒も虹色で綺麗だったが、彼の時は貴婦人が身に纏うドレスのように見えた。こうも印象が変わるのかと、驚きを隠せない。

「俺を助けようとしたから、傷が悪化したんじゃねぇのか？　なんで一人で逃げなかったんだよ」

「置いていかれたら、お前は殺されていたぞ。俺に感謝しろ」

答えになっていないが、それ以上問いつめるのはやめた。今は何より、安全な場所を探してルークを休ませることが必要だ。

身を隠す洞窟を見つけたリヒトは、いったんルークを置いて外に出た。羽が落ちている。

あれを辿られたら大変だ。血痕もないか確認しながら歩いてきた道のりを辿って羽を拾う。ある程度の距離まで行くと、再び洞窟に戻った。中はゴツゴツとした岩で覆われているが、外より少し暖かい。これならルークでも一晩くらいは耐えられるだろう。

「おい、大丈夫か？　意識はちゃんとはっきりしてんだろうな？」

「平気だ。耳元で喚くな。うるさい」

ルークらしい冷たい言い方に、まだ大丈夫だと自分に言い聞かせて奥へ寝かせる。落ち葉を集めてきたリヒトは、それを地面に敷きつめた。

「ほら、ここに寝ろ。直に地面に寝るより少しはマシだろ？」

ぶるっとして、自分の躰を抱くように腕をさすった。さすがに夜の山中は冷える。怪我をしているルークはもっと寒いに違いない。だが、火は焚くわけにはいかなかった。追っ手に自分たちの位置を教えるだけだ。

「いい加減お前も座ったらどうだ？　これで十分だ」

「何強がってるんだよ。怪我もしてるし、少しくらい弱音吐けよ。かわいくねぇな」

「俺がかわいくてどうする。馬鹿馬鹿しい」

リヒトは隣に腰を下ろした。身を寄せていると、さらに温かい。

「気をつけろ、お前は緋色の瞳の男に見られている。下手したらお前も命を狙われるぞ」

「上等だよ。いつでも来いって」

「警察には緋色の瞳の男がいたことは黙っておけ。証拠がない以上、言いがかりと言われたら反論できない。殺したほうがいいと相手に思わせるだけだ」

「わかった」

恵まれた生活を送っているのに、何が不満なのだろう。暖かい寝床と毎日の食事があれば十分だろうにさらに欲しがり、誰かを蹴落とそうと企む。

「お前とこんなところで一夜を明かすとはな」

何がおかしいのか、ルークは笑みを浮かべていた。

「躰を貸せ。少し寒い」

「大丈夫か？」

さすがに心配になり、項垂れるルークの顔を覗き込む。すると翼でリヒトを包んだ。そして、膝を曲げて躰を小さくする。

「お前は体温が高いな」

「あんたは低い。爬虫類みたいだ」

特に脚の部分はひんやりしていた。怪我の影響かもしれない。

しばらくじっとしていたが、ルークは身じろぎしたかと思うと、リヒトの肩に鋭い爪を持つ足をかける。グッと握られてドキリとした。

太く立派な脚は猛禽類のそれだ。ゆっくりと、だが危険を感じる動きでリヒトの身につけているものを剝ぎ取ろうとする。上着を脱がされ、心臓が口から飛び出すのではないかと思った。鋭い爪は、リヒトの喉を掻き切るくらい簡単だろう。けれども、意外なまでの優しさで、今度はブラウスのボタンを器用に外していく。

「……っ」

なぜそんなことをするのか——聞きたかったが、声にならなかった。息を呑んで成り行きに身を任せることしかできない。抵抗できないのは、自分の命を奪える鋭い爪を持った足が怖かったからではなかった。

怖いのは別のもの——自分の中に芽生えた曖昧な感情かもしれない。

「ぁ……っ」

ルークが身を寄せてきて、首筋に顔を埋める。冷たい鼻先に躰が小さく跳ねた。

「……さ、寒いのか？」

かろうじて出した声はルークの耳に届いているはずだが、返ってきたのは答えではなくさらなる焦りを呼ぶ言葉だ。

「命の危険に晒されると、動物は子孫を残そうとするらしいな」

ゴクリと唾を呑んだ。ルークは、生殖行為を望んでいるのだろうか。だが、リヒトはイアンのように一時的な性転換をしているわけではない。

「動くと傷口が……開くぞ」

静かだが、反論を許さない言い方だった。有無を言わさず相手を従わせる――従いたくなる言い方は、まさに支配する者だ。

「この前は、失敗した。その前もだ。いつもすぐに萎える」

「お、俺のせいかよ……、――っ！」

太股に当たったのは、硬く変化した屹立だった。鳥人の姿のため、下半身は何もつけていない。膝から上は羽で覆われていて下腹部の辺りも隠れているが、勃起したそれは羽を掻き分けてその正体を晒している。

反り返ったものは理知的なルークからは想像できないほど生々しく、野性的で、粗暴な感じがした。いつもすぐに萎えるなんて、信じられない。嘘だ。

「も、もったいない、だろ。俺相手じゃなく……イアンに、使えよ」

「俺が快楽に興じていいのは、子供を作る時だけか？」

「……っ！」

「どういう、意味、だよ……？」

「さぁな」

耳元で聞かされる声もどこかいつもと違って聞こえる。吐息が熱い。

さらに身につけているものを剝ぎ取られそうになり、リヒトは怪我を気遣いつつも抵抗を試みた。だが、怪我人相手に強く出られず、いとも簡単に組み敷かれる。

「傷……っ、傷が開く！」

「もしこのまま死ぬなら、最後くらい気持ちよくなりたいものだ」

舌が耳朶に触れた。

「ぁ……っ」

ベロリと首筋を舐められ、ゾクゾクと甘い戦慄が躰を走る。血の匂いがして、妙な気分だった。動物じみた行為だと、今さら気づく。

「も……やめ、た……ほうが……っ、……はぁ……っ、――ぁ……っ！」

最後まで残っていた下着まで剝ぎ取られ、とうとう生まれたままの姿になった。翼で覆われた状態で寒くはないが、ベッドでされたことを思い出して焦る。股に挟んで腰を動かされた時、自分でもよくわからない劣情に見舞われた。

「ぁあ……っ」

恥ずかしげもなく股間を擦りつけてくるルークに、頬が熱をもつ。ルークの体温が上がっていくのがわかった。かかる吐息は熱く、さらに獣じみたものへと変化する。

「なんで……こんな……っ、――っ！」

目が合い、ゾクリとした。

いつもよりもずっと虹色がはっきりしている。なんて恐ろしく、美しい瞳だろう。睨まれただけで身動きができなくなる。

吸い込まれそうで、取り込まれそうで、その奥の深いところに何が眠っているのか知りたくなった。それは自分を喰らう魔物かもしれないし、優しく包み込んでくれる癒やしなのかもしれない。

「ぁあ……ぁ、……っく、……ん……ぁ」

首筋に這わされる舌は、徐々に大胆になっていった。それは鎖骨へと移動していったかと思うと、いきなり噛みつかれる。

「——ぁ……っ！」

喉の奥から溢れたのは、掠れた甘い声だ。悦びの色を隠せない。

「あぁ……、あぁ、あ」

息が小刻みになり、十分に酸素を取り込めなかった。自分はなぜこんなにもはしたなく反応しているのか——。

「やめ……っ、待てって……、待て……っ、んぁぁ……っ」

胸の突起に吸いつかれ、信じられないほど甘い声が漏れた。ビクンと上半身が跳ね、自分の指を噛んで声を殺そうとするが手首を足で摑まれて阻止される。

「どうした？　ここはこんなに素直だぞ」

「うる、さ……、言うな……っ、……んあぁぁ」

じゅる、と音を立てて吸いつかれ、音にも犯されている気分だった。恥ずかしい音が聴覚を満たす。

やめろ、やめろ、やめろ。

頭の中でそんな言葉を繰り返すが、躰はまったく別の反応を見せていた。胸板をさらけ出すように上半身を反り返らせ、そこを吸ってくれと無意識にねだる。

「んぁぁ……ぁ……、……ッふ……、……ぁ……あぁ……」

乳輪はふっくらと盛り上がり、自分のものとは思えないほど突起は赤く充血していた。敏感になったそこはルークの吐息がかかっただけでも、快感へと繋がる。それでも足りず、身を捩って訴えた。

もっと、弄って欲しい。舌で転がし、吸って、強く噛んで欲しい。

「ぁあ……ぁ……、ぅん……、ルーク……、ん……っく、……ルーク……ッ」

鋭い爪を持つ足が、今度はリヒトの膝を摑んで大きく開かせようとしていた。首を横に振り、震えながら必死で膝を閉じる。

駄目だ。それだけは駄目だ。繋がってしまえば、後戻りはできない。

欲しがる躰を僅かに残った理性で宥め、ルークの中心に手を伸ばした。リヒトを喰いたいと訴えるそれは手に収まりきれないほど大きく、そして硬く変化している。ドクドクと脈打つそれは熱く、先端からは欲望の証しが滴り落ちていた。

「あんたの……相手は、……イアンだ……」

その言葉はルークへではなく、むしろ自分のために放ったようなものだ。

これで貫かれたら自分を止められなくなる。歯止めが利かなくなる。黒い羽の低危険種が、これ以上深入りしてはいけない。

頼むから――。

視線で訴え、手で刺激して射精を促した。ルークもその意図がわかったようで、リヒトに握らせたまま腰を使い始める。これで一線を越えずに済むという安堵が広がるが、同時にこうするしかない己の立場に心が引き裂かれそうだった。

「しっかり、握っていろ」

命令され、唇を噛んで従った。するとルークはさらに切実な動きで絶頂を目指す。

血の匂いと獣じみた吐息。それが、狭い洞窟の中を満たしていった。この倒錯めいた行為に意味があるならば、ただ一つ。

命の危険に晒されると、動物は子孫を残そうとする――リヒトはその言葉を頭の中で繰り返していた。

リヒトたちが救出されたのは、太陽が昇ってからだった。

警察隊が馬で駆けつけ、警護の者たちとともに谷底を捜索してくれたおかげだ。怪我の治療のためルークは先に戻り、リヒトは襲われた現場で証拠集めに協力することになる。鏃も提出した。だが、それ以外は手掛かりは見つからず、緋色の瞳を持つ男の存在については言われたとおり黙っていることにする。

絶滅危惧I種が神事の最中に狙われるなど、前代未聞とあって大騒ぎだった。

「よくルーク様を護ったわね。偉いわ」

「そうだ。見直したぞ！　お前はやる時はやる男だと思ってたんだからな！」

「ダレルの言うとおりだ。ここぞという時に役立つなんて見直した」

翼を射貫かれて怪我をしたというのに、三人のこの反応は意外だった。もっと厳しく追及されるだろうと覚悟していただけに、拍子抜けだ。

リヒトはお茶の時間だと言われ、ダイニングルームに呼ばれていた。紅茶と菓子を出され、ソフィアたちとテーブルを囲んで座っている。目的はお茶というより、ルークを襲った犯人について話をするためのようだ。何人いたのか。どんな風貌だったか。背丈はどのくらいか。声は聞いたか。何か気づいたことはないか。座ってしばらくは質問攻めだった。

あらかた終わった時には、紅茶はすっかり冷めている。

「お金目当ての盗賊かもしれないわね。このところ本当に増えたもの。先日は市街地にまで出てきたというから怖いわ」

敢えて弓矢を使い、貧民街にも居着かない者たちのせいにしようとしたのは成功しているようだ。覆面の間から覗く緋色の瞳が、脳裏に焼きついて離れない。

『お前も命を狙われるぞ』

あの言葉が蘇る。ソフィアたちに言えば、彼女らも危険に晒されるということだ。生意気でもまだ子供だ。知る必要はない。

「ルーク様の怪我が治るまで、リヒトも少しゆっくりしろ」

本気なのかと、チャーリーをまじまじと見た。すると、リヒトの視線に気づいて身を乗り出してくる。

「食事のマナーはちゃんと覚えてもらうけどな」

「――っ!」

「今度は逃げるな。次にソフィアの花壇を滅茶苦茶にしたら、殺されるぞ。ソフィアを宥めるのに大変だったんだからな」

真剣な目のチャーリーにギクリとした。ソフィアにチラリと視線を遣ると、ダレルと話をしながら焼き菓子を食べている。今は落ち着いているが、花壇を台無しにされたと知った時の彼女の泣き喚く姿を思い出してゾクッとした。

永遠に泣き続けるのではと本気で疑ったほど、泣き声がやむ気配がなかった。

「わかった。ちゃんとやる」

「そのほうがいい。ソフィアは一度感情的になるとなかなか治まらないからな」

冷めた紅茶に手を伸ばしたリヒトは、洞窟でのルークを思い出していた。

『俺が快楽に興じていいのは、子供を作る時だけか？』

そう言った時の表情が忘れられない。思いつめたような目だった。何より、子作りを前提としない交わりを求めるルークの行動は、切実だった。

結局、最後までしなかったものの、リヒトの心にはルークの声にならない訴えが深く刻まれている。

そして自分も——。

ただの肉欲では説明のつかない感情は、今もここにある。

「あ、リヒトじっとしてろ！」

ダレルが手を伸ばしてきて、リヒトの髪を摘まんだ。プチン、と容赦なく抜かれる。

「あいてっ、なんだよ！」

「だってほら」

差し出された毛は白かった。それを見たソフィアが頬に両手を添えて悲鳴をあげる。

「いや〜っ、白髪なんて駄目よ！」

「なんだよ白髪くらい。苦労してるんだよ。お前らが口うるさいしな」

「美しさが損なわれたらルーク様の傍にいる資格はないんだからね！」

「勝手なこと言うな。ただでさえ毒で死にかけたり、いつ敵が襲ってくるかわからない状況で命を狙われたルークと一晩過ごしたりしたんだからな。白髪だって増えるに決まってるだろ」

意外にも三人とも黙り込んだ。特にソフィアは目を見開いて固まっている。

「おい、本気にしてねぇだろうな。冗談……」

ひぃ……っく、とソフィアが涙目になって息を吸った。

泣くか。また泣くのか。

思わず身構えた。そうしたところで涙は止まらないだろうが、逃げることはできる。

「だって……っ、ルーク様に相応しい人に傍にいて欲しいもの。綺麗な人じゃないと嫌なのっ。リヒトはお行儀は悪いけど見た目だけはお似合いなんだもの！」

聞いて呆れた。どうやらルークのためというより、自分の願望らしい。夢見る少女の我儘に、チャーリーとダレルも顔を見合わせて弱り顔だ。目が合った。

男三人、初めて心が通じた気がする。

その時だった。

「何を泣いてる？」

「ルーク様っ！」

今まで泣きじゃくっていたソフィアの表情が、パッと明るくなった。ダイニングルームに入ってきたルークは左腕を固定されているらしく、片方だけ袖に腕を通さず上着を肩にかけている。怪我をしていてもサマになっているなんて、神様は不公平だ。

「入院するのではなかったのですか？　病院のほうが警護もしっかりしています」

「戻れなんて言うなよ、チャーリー。あんな辛気臭い場所にいつまでもいられるか」

死を意識したくせに……、と洞窟の中でのことを思い出し、目を逸らす。しばらく会わずに済むと思っていたため心の準備ができていない。

「リヒト」

「な、なんだよ？」

「明日イアンのところに行くぞ」

「ルーク様。予定は入っていなかったはずだと……」

「俺が入れた。連絡もしてある」

面喰らった。怪我が完治していないのに、もう子作りしに行くのだろうか。しかも、自らわざわざ予定を入れてまで積極的に……。

ソフィアたちも驚きを隠せない表情でルークを見ている。

「わかった。明日だな」

かろうじてそれだけ言うと、ルークは踵を返した。

「ルーク様、どうしちゃったのかしら？」

ソフィアの不安そうな声が、何かよくないことの前兆のような響きを伴ってリヒトの耳に入ってくる。そして、変化はルークだけではなかった。リヒトの中でも、本人が把握できない小さな異変が起きようとしている。

（またやるのか……）

イアンのところに行くのかと思うと、気が重かった。行きたくない。

今さら繁殖のサポートを嫌がるほど初心ではないはずだ。それなのに、なぜここまで憂鬱になるのか――。

愛し合う二人の姿を想像してしまい、リヒトは慌てて頭の中からそれを追い出した。

# 4

風の強い夜だった。

イアンの屋敷で、リヒトは一人時間が過ぎるのをただじっと待っていた。一人がけのソファーを窓辺に移動させ、そこに座って外の景色を眺めている。

月は明るく、流れる雲が影絵のように浮かび上がっていた。今日は月の姿がめまぐるしく変わる。まん丸だったり一部が欠けたり、雲の隙間から光だけが漏れていたり。不思議な夜だ。こんなに月が明るいのに、湿った風がどこか不穏な空気をもたらす。

そのせいか、リヒトはいろいろなことを考えてしまっていた。時間の感覚がなくなっていき、どこか深い沼に沈んでいくような気分になる。

（まだかな……）

リヒトはため息をついて踵をソファーの端に乗せ、膝を抱えて俯いた。

今日で五日だ。五日も続けてここに通っている。イアンと子作りに精を出しているだろうルークを想像し、眉根を寄せた。このところ積極的すぎてついていけない。

毎晩、一方的に奉仕するだけの日々。あと何日続くのだろうか——。

「いつまでこんなことやるんだよ」

ポツリとつぶやき、またため息をつく。

こんなに気分が鬱々としているのは、自分に課せられた役目にうんざりしているからなのだろうか。毎晩繰り返される男のイチモツを勃たせるだけの仕事に、人としての尊厳を踏みにじられている気分になるからなのだろうか。

いや、違う。

こうして待っている時間がつらいのだ。いつ戻ってくるかわからないルークを待って、何もせず座っているだけの時間が苦痛でならない。終わりが見えないというのが、耐えがたさに拍車をかけている。

洞窟の中で一夜を過ごした日から、リヒトの中で変化が起きている。

『……ぁ……、……ルー……ク、……っ』

悦びに満ちた声は、イアンが決して生殖行為をただの子作りのためだと割りきっているのではないとわかる。理性を欠いたルークの姿が脳裏に浮かんだ。

大空を飛ぶことのできる躰。しっかりと筋肉がついた胸板。引き締まった二の腕。

今、イアンはルークの腕の中にいる。抱かれているのだ。そして、悦びに浸っている。

風が強くなってきた。先ほどまで出ていた月が、すっかり見えなくなっている。今はどこにあるのか、気配すら感じない。

ざわざわと揺れる木々の音に耳を傾けていると、自分の胸の奥にある何かが共鳴していくようだった。風が騒がしくなるほどにイアンの声は掻き消されているはずだが、心は落ち着くどころかざわつく。

どんなふうに抱くのだろう。どんなふうに愛を囁くのだろうか。それとも即物的に躰を繋いでいるだけなのだろうか。

『ぁあ、ルーク……ッ！』

感極まったような声が漏れてきた。

ビク、として、じっとドアを見つめる。耳を澄ませると、再びイアンの声が聞こえてきた。甘ったるい鼻にかかった声は、濃密な時間を過ごしていることの表れだった。

『……信じられな……っ、こんなっ、こんな……っ！』

耳を塞ぐが、声がまだ続いているのか確かめたくてすぐに手を離してしまう。そのたびにイアンの嬌声(きょうせい)には熱が籠もっていくようだった。

聞きたいのか、聞きたくないのか。

早く終われと願いながら、ソファーの上で小さくなる。イアンのひときわ大きな声が響いたかと思うと、ピタリと聞こえなくなった。何が起きたのか、考えずともわかる。

ほどなくしてドアが開き、リヒトは弾かれたように顔を上げた。ルークが出てきて、短く「帰るぞ」とだけ言う。少しの乱れもなく、冷静で、本当にルークがベッドを揺らしたのかと疑いたくなった。激しくイアンを責め立てる姿を想像していただけに、目の前にいる男とのギャップに戸惑いを覚える。

一人で先に部屋をあとにするルークを慌てて追いかけるが、思わず振り返った。そして、目を見開く。ドアの隙間から、イアンが見えた。

乱れたベッドの上に彼はいた。虹色の翼を広げたまま、ぐったりとしている。美しい姿だった。上尾筒が絨毯のように広がり、抜けた羽が何枚か床に落ちている。鮮やかな色をした艶のある羽は、彼を彩るアクセサリーのようだった。

まるで死んでいるかのように動かないが、その頬に浮かんだ紅潮は紛れもなく彼が生きている証し——むしろ、迸る命の息吹に他ならない。

生きる喜びを知った者の満たされた姿だった。

「あ……」

リヒトの視線に気づいたイアンが、ふと目を細めた。幸せそうな笑みだ。そして、その唇が微かに動いた。

「——っ！」

「何をしてる。早く来い」

「……わかってるよ」

つぶやいたあとゴクリと唾を呑んだ。イアンの赤く色づいた唇が脳裏にこびりついて離れない。

『君の……おかげだ』

満たされた顔で彼はそう言った。間違いなく、そうリヒトに訴えていた。ルークとの行為がいかに激しく、彼にとって素晴らしいものだったのかがわかる。

前戯のおかげだと言われ、心が乱れていた。感謝の言葉はリヒトの心にミミズ腫れのような傷跡を残し、ズクズクした痛みを置いていく。

自分は所詮その程度の価値しかない人間だと痛感した。

「早くしろ」

屋敷の裏口から外に出ると、馬車が待っていた。乗り込もうとした時、扉が風で煽られて壊れるかという勢いで大きく開き、御者が焦った様子でそれを押さえる。

「もう帰るのかよ？　風も強いし、イアンのためにも少しくらいゆっくり……」

「つべこべ言わずに乗れ」

疲れた声からは、これ以上話したくないという気持ちが伝わってきた。

おそらく拒絶だ。

なぜ自分がそんな感情を向けられなければならないのかと思った。どんな要求にも応じるリヒトの仕事を蔑んでいるのかと聞きたかった。そして、仕事を与えたのは誰だと問いただしたかった。

だが、ルークに対して怒っているのかというと違う。

リヒトにとって怒りとは熱くて、強い感情だ。ある意味力が湧いてくる。けれども今抱いている感情は、心を蝕むものでしかなかった。力が奪われていくような感覚——諦めという病に他ならない。

二人の間にそびえ立つ壁。階級の差。立場の違い。同じ空気を吸っていても同じ世界で生きられないという現実。ロアと違って特権階級になんの憧れもない自分がなぜこれほどの虚しさを抱えるのか。

馬車が屋敷の敷地から出るとますます風は強くなり、それに共鳴するように心の嵐もまた荒れ狂った。『中央』の中は市街地とは違って安全が保たれている。それでも何か不吉なものが近づいてくる気がしてならない。

外の風の音に心臓がドキドキしていた。甘い気持ちとは違う、何か起きそうな予感。不穏な気配。

「嵐が来る」

ポツリと、ルークが独り言のようにつぶやいた。窓の外を眺めたままこちらを見ようともしない横顔に、先ほどから自分をざわつかせるものの正体にようやく気づいた。

嵐なら、もう来ている。

届かないもの――そう実感するのは、手を伸ばして摑みたいとどこかで思っているからだ。欲しいのは、虹色の美しい羽だ。不吉な色をした真っ黒の羽ではなく、虹色の羽が欲しい。いや、羽そのものではなくルークと愛し合える立場が欲しいのだ。

自覚した途端、怖くなった。これは、決して抱いてはいけない感情だ。

「どうした?」

「……なんでもない」

心臓がうるさくて、膝に置いた手を握り締めた。二人きりのこの空間から一刻も早く解放されたい。外の風の音を聞きながら黙って座っていたら、馬車がいきなり停まった。どうやら違う馬車とぶつかりそうになったようだ。外で男たちの声がする。

「これはルーク様。申し訳ございません」

わざわざ馬車を降りて謝罪に訪れたのは、緋色の目をした男だった。確か、初めて『中央』に連れてこられた時、リヒトの処遇について話をした四人の中の一人だ。早く子供を作れとルークをせっついていたのをよく覚えている。

「嵐が来るとわかっておりましたのにお出かけとは、何かございましたか?」

「お前らがうるさいから、ご希望どおりに子作りに励んでいるだけだ」

「そ、それは……歓迎すべきことです」

嫌みだとわかっているだろう。ルークの機嫌があまりよくないことも、察しているに違いない。男はすぐに踵を返す。その動きを見てリヒトはドキリとした。

思い出したのは、農村部でルークが襲われた時のことだ。山中で屈強な男たちと一緒にいた、布きれで顔を覆い隠した緋色の目の男。顔はほとんど隠れていたが、目許の印象、歩き方、体型。一人離れた場所から傍観していた男と、イメージが被る。証拠はない。ただの感覚だ。それでも無視できない。

緋色の瞳の男は馬車に乗る寸前、振り返った。一瞬だけ目が合った気がする。

「どうした?」

「な、なんでもない」

咄嗟に出たのは、そんな言葉だった。少し前なら言ったかもしれない。だが、今は不確かなことを告げる勇気はなかった。

後ろ姿をじっと見ていたことに、あの男は気づいただろうか。


嵐が過ぎたあとは、晴天に恵まれた。

リヒトは、緋色の目の男について考えていた。時間が経てば経つほど、あの時抱いた疑念が正しいものなのかわからなくなってくる。ルークを襲った犯人が捕まったという報告はなく、捜査は難航しているようだった。ケライノ地区での毒殺未遂についても、まだ解決していない。

見えない敵は確かにいるのに、なかなか尻尾を摑ませない。それだけ厄介な相手なのだろう。これまですべて失敗に終わっているが、次はどうなるかわからない。

あの場に緋色の目の男がいたことを警察に言うべきなのではと、思い始めている。

「今日は遅くまでかかる。ちゃんとおとなしくしてるんだぞ」

「わかってるよ」

その日、リヒトはルークとともに中央議事堂に来ていた。窃盗の現行犯で捕まった時に連れてこられた場所だ。大きな建物の中に、虹色の瞳の者と緋色の瞳の者が次々に吸い込まれていった。イアンの姿もある。

アエロ地区の特権階級と上層階級の者たちが定期的に集まり、重要な決めごとを行ったりしているのだ。罪人の処分については裁判所の管轄（かんかつ）だが、リヒトの時はルークのつき人にするかどうか協議するために特別な措置を取ったのだろう。

中に入るのは二度目で、相変わらず贅沢な造りの建物に感心した。あの時は夜だったが、今は建物の中が窓から降り注ぐ光で満ちている。

（奴だ……）

リヒトが疑いの目を向けている男を見つけ、無意識に唾を呑んだ。件（くだん）の男がエヴァン・

ハスケルという名だと、嵐の夜に屋敷で聞いた。アエロ地区の政治に深く関わっているのは確かで、穿った見方をすればいくらでも怪しく感じる。

ただし、ハスケル家は代々ネヴィル家と考え方を同じくしているというのだ。

オライリー家やイーガン家、リンメル家の考えに近い上層階級なら、自分たちより地位が高く、政治活動に積極的なルークを疎ましく思っての犯行とも取れるが、そうではない。

「あなたがたはこちらへ」

つき人や護衛の者たちは奥まで入ることはできず、別室で待たされる。会議は二時間の予定で、それまでは自由の身となった。

(やっぱり、気のせいか……?)

どうしても気になる存在だが、ソフィアたちにそれとなく探りを入れて得た特権階級や上層階級の関係性からは、犯人として挙げられる立場にはなかった。ルーク側の人間であるのは間違いない。ただし、個人的な感情を除けば、だ。

『皆で揃って虐めてるようにしか見えなかったがな』

最初にここに連れてこられた時のルークの言葉が蘇り、忌ま忌ましい若造だという顔をしたのは誰だったか記憶を辿る。思い出せなかった。

四人揃えば記憶が蘇るかもしれないが、会議の場には大勢が集まっていてそれこそあの時の四人が誰なのかわからない。何時間もじっと待っている気になれず、リヒトは部屋を出て外の空気を吸うことにした。中央議事堂の敷地内は静かで、一人になるにはうってつけの場所だ。どこからともなく鳥の声が聞こえてくる。

耳を傾けていると、少しだけ心が慰められる。

「俺はいつまでこんなことやってんだろうな」

ボソリとつぶやき、もうやめてしまおうかと思った。ルークを取り巻く陰謀も、ルークに抱く自分の感情も全部忘れてしまいたい。貧しくても日々の喰うものに困る生活でも、見えない傷の疼きに眉をひそめているよりずっといい。

だが、今さら無理だと嗤い、上着のポケットに忍ばせているものを取り出した。ルークの羽だった。

山の中で襲われて洞窟に身を隠した時、追っ手に痕跡を辿られないよう落ちていた羽を拾ったのだ。帰ってきてからも、そのうちの一枚を手放さずに持っている。

羽は光を当てると虹色に輝いた。あの日以来、誰も見ていないところでこうして羽を眺めてはうっとりとしている。今までのリヒトにはなかった変化だ。

「綺麗だな」

しばらくそうしていたが、視界の隅に男の姿を捉えた。会議中のはずなのにコソコソ抜け出しているのは、ハスケルだ。羽をポケットにしまい、ついていく。

ハスケルは辺りを見回してから、建物の裏側へ入っていった。そこで待っていたのは、大柄な男だ。

(誰と話してるんだ……?)

明らかに怪しかった。植え込みの裏に回り、限界というところまで近づく。聞き取れたのは、『市街地』『ラファエロ』『午後十一時』という三つの言葉だ。どうやら『ラファエロ』という名のパブか宿屋で待ち合わせをするらしい。そこで何か企みが行われるのなら、確かめるしかない。

ハスケルが再び中央議事堂の建物に向かうと、大男が消えるのを待ってその場を立ち去った。会議はまだ続いていて、一時間ほどでようやくルークたちが出てくる。

「おとなしくしてたか?」

「まぁね。何時間もよく喋ってられるな」

ルークとともに中央議事堂をあとにすると、ネヴィル家と近い考えを持つラザフォード家の屋敷に向かった。そこでも待たされるだけの時間が過ぎる。戻ったのは夕方だ。

リヒトは夕食もそこそこに、自室へ籠もった。連れ回されて疲れたと訴えると、意外にも休んでいいと言われる。

夜になるのを待って屋敷を抜け出した。外から入るには厳重な警備をくぐり抜けなければならないが、中からは比較的容易に出られる。市街地に着くと『ラファエロ』という店があるか聞いて回り、五軒目でようやく知っている者がいて場所を特定できた。一階がパブで二階が宿屋らしい。急いでそこへ向かった。

「この辺りか。二階が宿屋ってことは……、あ、あれだ」

店は市街地の中では治安に不安の残る場所にあった。夜もそう遅くない時間だというのに人気はなく、どこか怪しげな雰囲気を漂わせている。他にパブらしき店もあるが、どこも灯りが消えている。

リヒトは物陰に隠れてパブの出入り口を見張っていた。ここなら人目につかない。

石畳は冷たく、路地にいるからか石造りの建物は圧迫感があった。

どのくらい待っただろうか。馬車の音が聞こえてきて、通りの向こうで停まる。馬車が走り去る音がしたあと、その方向から誰かが歩いてくるのがわかった。帽子を深く被っていて目許はよく見えないが、歩き方や体型からあの男に間違いないと確信する。

男は辺りを警戒しながら、店の中へと入っていった。

しばらく待ってみたが他に誰も来る様子はなく、リヒトは『ラファエロ』に近づいていき、窓から中を覗いた。パブは営業していないようで、誰もいない。

どうしようか迷っていると、二階から男が二人降りてきた。一人はハスケルだ。店の中に灯りがつき、男たちが酒を飲みながら顔をつき合わせて何か話を始める。いかにも悪いことを企んでいそうだ。

「くそ、何も聞こえねぇな」

どんなに耳を澄ましても中の会話は聞き取れず、どうにかして侵入できないかと裏口を探した。その時、背後に人の気配を感じる。

しまった――そう思った時には口を塞がれ、鳩尾（みぞおち）に衝撃を喰らっていた。

「ぐぅ……っ」

口の中に酸っぱいものが広がる。容赦なく二人がかりで腕をねじ上げられ、髪を摑まれて歩かされた。痛くて、抵抗などできない。パブの中に連れていかれて突き飛ばされるように床に転がり、背中を靴で踏みつけられた。

「――ぅう……っ」

視界に男の靴が入ってきて顔を上げると、緋色の目に見下ろされている。

「やはりお前か」

ハスケルは、唇を歪めて嗤っていた。その瞳は灯りの少ない店内で禍々（まがまが）しく光って見える。リヒトの存在に驚いていないところを見ると、これは罠だ。

「わざと……っ、俺に立ち聞き、させたな……っ」

「簡単に引っかかったな。低危険種などその程度だ。頭のデキが違うんだよ。所詮、綺麗な顔をしているだけにすぎん」

まさに彼の言うとおりだ。何も言い返せず、悔しさに奥歯を嚙む。

「俺を……、どうする、つもりだ……？」

「さぁ、どうしようか。そういえばおしゃぶりが上手なんだったな。どうだ？　わたしがお前を買ってやろうか？」

目の前にしゃがみ込んだ男に顎を摑まれ、上を向かされる。顔を覗き込まれた瞬間、唾を吐きかけてやった。

「くっ、何をする！　この低危険種め！」

「どんなに金積まれたって、あんたの極小のもんなんかしゃぶんねぇよ」

「小僧……っ」

挑発に男は顔を真っ赤にした。怒りがこめかみの血管を浮かび上がらせている。けれどもリヒトの行動がこの状況を覆すことはない。

「かわいく尻尾を振れば命だけは助けてやったものを……っ」

「神事の最中にルークを襲わせたのは、あんただな。あの場にいただろう」

「なんのことだ？　いい加減なことを言うと処罰の対象になるぞ。証拠を出してみろ」

「しらばっくれるな！」

「こそこそわたしをつけ回すネズミを捕まえただけだ。お前のような者をのさばらせておくなど、最近のルーク様にはついていけない」

「あんたはずっとネヴィル家と同じ考えだったはずだ」

ハスケルの唇が歪んだ。

「子供を作った実績のない若造にかしずくのは、正直うんざりでね。父の代までは知らんが、わたしはオライリー家の考えに近い。政治は我々に任せて、享楽に耽って遊び暮らしてくれたほうが国のためだ。実際、オライリー家の方々は子を複数儲けておられる」

それが国力を示すことになるのなら、確かに彼の言うとおりかもしれない。だが、人には心がある。本人の意志を無視し、その役目をまっとうすることだけを強いるのはあまりにも残酷だ。

「あんたの都合で世の中が全部回せると思うのか？」

「ほぉ、口答えするか。飼い主に似て政治に深い関心があるようだ。あの男、最近は階級制にまで異論を唱え始めた。お前が余計な入れ知恵をしたんじゃないか？」

「そんなわけねぇだろ。俺に政治なんかわからない」

「それなら、お前があの男を変えたのかもな」

自分がルークを変えた。

意外だった。自分にそれほどの影響力があるとは思えない。けれどもそれが本当なら、ルークの危険は自分が招いたということになる。

「せっかくの地位を……馬鹿な男だ。以前なら、怪我を負った状態で低危険種のお前を連れて逃げようとはしなかったはずなのに……。これ以上お前が奴に影響を与えると、いずれ低危険種の権利も考えろなどと言い出しそうだ」

「ぐ……っ」

髪を掴まれて立たされた。抵抗も虚しく、引きずっていかれる。このままどこかへ連れていかれて殺されるのかと思った瞬間――。

「そこまでだ！」

ドアが大きな音を立てて開き、たくさんの足音がなだれ込んできた。ランタンを持った警察隊だ。そして、その後ろにはルークが立っていた。

「ようやく尻尾を出したな」

「ル、ルーク様！」

「全部聞かせてもらった」

「何をです？　わたしはただ、この者がルーク様に悪い影響を与えると考えて国のためによくないと……」

「山で襲われた時、俺がリヒトを連れて逃げようとしたのをなぜ知ってる？　現場にいた者でなければ知り得ないことだ」

ハスケルの顔色が変わった。リヒトと言葉を交わしているうちに、油断して口を滑らせたと今気づいたらしい。

ルークは警察隊の一人と視線を合わせると、小さく頷いた。それを合図に複数の警察官が男たちを逮捕する。

「わ、わたしは上層階級だぞ！　こんなことをしてタダで済むと思っているのか！」

「お前が金で雇った連中も捕まえたぞ」

ハスケルは、大きく息を呑んだ。ガタガタと震え出したのを見ると、ようやく自分の置かれた状況が理解できたようだ。

「捜査の状況は極秘にさせた。犯人が油断するように、わざと迷宮入りを匂わせたんだよ。それにしても大胆に動いたものだな」

「な、な、何を……っ、おいっ！　放せっ！　わたしは間違ってなどいない！　こんな若造よりも国のことを思っている！　放せ！」

抵抗しながらハスケルは一緒にいた男とともに連れていかれた。警察隊の一人が敬礼してこの場を立ち去る。コツ、と微かに靴音を鳴らして、ルークが目の前まで来た。

怒っているのか、それとも呆れているのか。その表情からは何も読み取れず、リヒトは言葉を探した。見下ろされているのがわかるが、目を合わせられない。

「どうして、ここが……？」

「お前の様子がおかしかったからだ」

胸が締めつけられた。

なぜそれに気づいたのか。このところ言葉もほとんど交わさず、食事も別々で摂ることが多かった。イアンの屋敷にも嵐の日以来行っていない。異変に気づくほど、接していなかったはずだ。

「奴が会議を抜け出したのを見て、おかしいと思った。前から何か企んでいそうだったからな。そのまま泳がせた」

「別に……俺みたいな低危険種なんかほっときゃいいのに」

「俺を襲った男だ」

「——っ!」

顔がカッと熱くなった。一瞬でも自分のためと思ってしまったことが恥ずかしく、いたたまれない。

「そ、そうだよな。あんたを襲わせた男だもんな」

はは……、と笑い、再び降りてくる沈黙に耐える。

ルークが何か言いかけたように見えた。けれどもおそらく気のせいだ。自分がそう思いたいだけだ。そんなふうに言い聞かせる。

「戻んなくていいのかよ?」

リヒトの言葉にルークは無言で踵を返した。

ルークを襲わせた人物の逮捕は、大きな衝撃だったようだ。

今回のことはハスケルの独断だったらしく、オライリー家にとっても寝耳に水の出来事だったようだ。考え方を同じくしているとはいえ、犯罪に手を染めた者に一方的に自分たちの家の名を出されて怒りを露わにしているという。

しばらくはルーク宛の電報が山ほど届き、事件の処理のために警察に呼ばれたりと忙しい毎日を送っていた。イアンのところに行く時間もなく、二週間ほどが過ぎる。その間はろくに会話を交わすこともなかった。

ブラッドリーの屋敷で盛大なパーティーが行われたのは、それが落ち着いてからだ。

夜の帳が下りる頃、事件の終息を祝うようにきらびやかな世界が幕を開ける。

「……すげぇな」

リヒトはアボット邸に入るなり、思わずそう零していた。

夜だというのに、会場の大広間は光で溢れていた。ルークの屋敷にも電灯はあるが、ここまで贅沢にシャンデリアの光で部屋を満たしはしない。

「あいつは派手なことが好きだからな。あまり離れるなよ」

そう言ってルークは会場の奥へと進んでいった。

青色の瞳の者たちが、ヴァイオリン、ヴィオラ、チェロなどの楽器を演奏している。まさに社交場といった雰囲気は居心地が悪く、慣れない。場の空気に酔いそうだ。

（こんなにいるんだ……）

大広間には虹色の羽を持つ者たちが大勢いた。四つの地区から集まっているだけあり、一度にこれほどの数の特権階級を見ることはなく、それだけでも特別な場だというのを肌で感じる。

男は皆、黒の燕尾服と呼ばれるものを着ていた。上着の前が短く、後ろはツバメの尻尾のように長くて二つに割れている。中の白いブラウスは襟が立っていて胸元のリボンが大きい。女はドレスを纏っているがその数は圧倒的に少なく、若くはなかった。だが、それでも栄養状態のいい特権階級の者たちが勢揃いすると、その美貌に圧倒される。

今は人間の姿だが、全員が翼を晒したらとんでもなくゴージャスだろう。それとは対象的な生殖活動をサポートする役目の者が、ぽつりぽつりと壁際に立っていた。ほとんどが焦げ茶色の瞳の者で、やはり見た目はずっと劣る。黒い瞳はリヒトだけのようだ。いまだ黒い羽は不吉な印と思う者は少なくない。

その時、リヒトは見覚えのある青年が自分のほうへ歩いてくるのに気づいた。

「やぁ、久し振りだね」

いつもは鳥人の姿だが、人間の姿のイアンも美しかった。燕尾服だが色は白で、袖からはブラウスのフリルが覗いている。会場に何人か似た衣装の者がいた。

見た目だけでは子供を孕む側かどうかわからない。目印なのだろう。

「ハスケル氏の件は大変だったね」

「まぁな。でも、犯人を捕まえることができたから結果オーライだよ」

「ルークの傍にいなくていいのかい？」

「ここでは毒味の必要もないらしいしな。警備も厳重だし、俺の役目はまだあとだろ？」

わざと意味深に聞くと、イアンはリヒトが何を言いたいのかわかったのか少し困った顔で笑った。

会場内にリヒトや他の低危険種がいるのは、例の仕事がメインになることを意味している。このパーティーの目的は子作り——その日、気が合った相手との生殖行為だ。結婚していようがしていまいが関係ない。恋人の有無について気にかけている様子は誰からも見られなかった。着飾っているのは、少しでもチャンスを摑もうとしているからだろう。

上品に振る舞っているが、子供を作るためなら相手を選ばないというのは節操のない行為にしか見えない。

「あんたはつき人はいねぇの？　前戯してくれる奴」

「僕は妊娠する側だから」

「いつも思ってたけどさ、つき人が間に入るのって嫌じゃねぇの？　俺みたいな奴が準備を手伝わなくても、あんたならルークをその気にさせられそうだし」

「どうかな。少しでも効率よくってのは昔からやってきたことだから。相手の準備ができたら受け入れるだけだ」

「ふ〜ん」

妙なシステムだと感じているようだが、イアンもそれに甘んじている一人だ。特権階級の世界は、どう考えてもおかしい。

「たまにいるよ。お互いサポートする者を連れてきて……っていうのはね。ただ、僕は苦手なんだよ。準備ができ次第相手が替わるのには抵抗があってね。今日も気が合えば誰とでもってことになってるけど、僕の今の相手はルークだから彼以外の人とは……」

「そりゃそうだよな。あんたはまともだよ」

ハッ、と鼻で嗤い、ルークは今夜誰と子作りをするのだろうと考えた。節操なく別の誰かを選ぶのか。待っている人がいても、そんなことができるのか。

「いいんだよ、同情しなくても。優しいんだね」

「別に、優しくはねぇよ。馴染めないだけでさ」

「ルークの今夜の相手は僕じゃないかもしれないけど、君の頑張りにかかってるから僕のことは気にしないで。じゃあ」

そう言い残してイアンはバルコニーのほうへ立ち去った。彼は嫌いではなかった。むしろ好感を持っている。それが役目とはいえ、誰とでも寝ることに抵抗を感じているところは考えが似ているからだろう。特権階級にもまともな感覚の持ち主がいたというわけだ。

「何を話していた?」

いつから見ていたのか、ルークに声をかけられた。胸元のリボンは他の者よりずっと控え目だが、特権階級が大勢集まっている中でも存在感がある。

「何って……ただの雑談」

「あまりウロウロするなよ。屋敷は広いんだ」

「迷子になんかならねぇよ。俺が必要になったら、すぐに駆けつけてお役目を果たすから安心しろって」

恥ずかしさからか、わざとなんでもないような言い方をする。

その時、ブラッドリーがグラスを手に持ち、壇上に立った。会場にいる者たちが注目すると、主催の言葉を述べる。

「本日はお集まりいただきありがとうございます」

そんなありきたりの言葉で始まった挨拶は、冗談を交えて何度か笑いを誘い、そしてそれぞれの地区が互いに協力して国を繁栄させようという言葉で締め括られた。

長すぎず、飽きもこない。最後に拍手が湧き起こり、楽器の演奏が再開される。

手にワイングラスを持って話をする者もいればダンスを始める者もいた。ルークは誰を誘うのかと見ていたが、動く気配はない。しばらくするとブラッドリーが近づいてくる。

「怪我の具合はどうだい?」

死にかけた時に屋敷で世話になったらしいが、ほとんど覚えていない。目を覚ました時は医師は帰り、ブラッドリーも屋敷を空けていた。

しかし、ルークが「礼を言え」と視線で脅迫してくるため、頭を下げる。

「もう平気です。この前は……いろいろとお世話になりました」

「君も大変だね。特にルークは精力的に出かけるから、その分危険も増える。それにしても、毒を盛られたかと思ったら次は祭りの最中に狙われるなんてひどい話だね。祭りの件の首謀者は捕まえたと聞いたが……」

「ああ、もう言い逃れはできない。証拠を揃えてから動いたからな」

「さすが君は抜かりがないな。毒を盛ったのもそいつらなのかい？」

「それはこれから調べを進める」

会場では、相手を探す者たちの動きが次第に活発になっていくようだった。声をかける者、かけられる者。今日こそはと、明らかに意気込んでいる者もいる。動物的だ。

「まだ気は抜けないだろうけど、今はわたしたちの役目に集中しないとね。早いところいい相手を見繕ってベッドに誘わないとすぐに取られるよ。それとも、パーティーに参加したくない理由でもあるのか？」

「馬鹿言うな。行ってくる。リヒト、俺が見えるところにいろよ」

そう言い残し、ルークは見覚えのない青年のところへ向かった。ルークが話しかけると快くといった態度でダンスを始める。

ダンスの相手がイアンではないことに、落胆した。イアンはルーク以外の相手と寝るつもりはないらしい。共感できた。だが、ルークは違うのだ。それを見せつけられたから、こんな気持ちになるのかもしれない。

（イアンはあんたが好きなんじゃないのか……？）

ルークが不誠実な男だと思いたくないのか、不満を顔に貼りつかせながら彼らのダンスを眺める。

「君はご機嫌斜めだな」

「別にそんなんじゃねぇよ」

「だったら、わたしとダンスでもどうだ？」

「は？」

「ダンスだよ。教えてあげよう」

まさかの誘いに、この男の頭は大丈夫なのかなんて考えてしまっていた。自分が主催したパーティーで——相手を探すためのパーティーで低危険種相手になんの得にもならないことを試みる。賢そうに見えるが、ただの馬鹿なのかもしれない。

「俺相手にダンスって……おかしいんじゃねぇの？」

「いいから、ほら」

いきなり手を握られ、強く抱き寄せられた。拒もうとした瞬間、耳元で囁かれる。

「ルークの秘密を知りたくないか？」

腕は力を入れることなく、ブラッドリーの胸元に添えられた。

「わたしと踊ったら、何か面白い話が聞けるかもしれないぞ」

どうせデタラメだろうと思いながらも、その言葉からは逃れられない。力など使わずとも相手を意のままに操る術を持っている男を前に、リヒトは無力だった。


クラシック音楽の生演奏が、渦巻く欲望を優雅な旋律の下に上手く隠していた。

リヒトはブラッドリーにエスコートされるまま、音楽に合わせて踊っていた。横に動いたり縦に動いたり回ったり。こんなことをして楽しいのかと、眉根を寄せた。リヒトには苦痛でしかない。

「面白い話ってなんだよ？」

「ダンス上手だね。初めてだとは思えない」

質問を敢えて無視するところも、したたかだ。よりいっそう好奇心を煽られる。

「ルークとわたしはね、幼なじみなんだ。彼をよく知っている」

「せっかちだね。教えたらすぐに逃げるだろ？　もっとわたしとのダンスを楽しんでからにしよう。綺麗な低危険種さん」

自分の負けだと、ダンスを続けた。やめるのはいつだってできる。

「ルークには敵が多い」

「ま、あの性格じゃあな」

「君だけは味方になってあげてくれ」

「どうだかな」

「じゃあ、一つだけ教えてあげよう。彼は純粋だ。絵画に恋をするくらいにね」

絵画と聞いて、すぐに思い出した。屋敷の廊下に飾られている絶滅種と絶滅危惧I種が描かれたものを……。それを眺めるルークの姿を何度か見た。

「屋敷にある絵のことか？」

「彼の心に居続ける白い羽の絶滅種の話は有名だ」

「実際にいた奴なのか？」

「まさか。伝説とすら言われている。実在したとしても、長いこと確認されていないんだ。だから特定の誰かではなく、描かれたものに恋をしているのは間違いない。ロマンチストなのかもしれないな」

「で、秘密って？」

何か重いものを呑み込んだ気分だった。胃の辺りに憂鬱がのしかかってくる。ルークが心を寄せるのは、絵画だ。もしかしたら自分に課せられた役目にうんざりして、実体のないものにしかそういった気持ちが動かなくなったのかもしれない。リヒトから見ても、子作りを強いるような今のやり方は生々しすぎる。

それに比べて、あの絵画はなんの下心も抱かないし要求もしないのだ。穢れなき存在。自分とは正反対だと思った。

最下層に生まれ、犯罪行為に手を染めたリヒトは、つき人として繁殖の手伝いをしている。おそらくルークが一番敬遠したがっている存在そのものだ。

「つらいかい？」

「なんでだよ？」

「斬りつけてくるね。君の瞳は黒いけど、わたしは嫌いではない」

いい加減この男と話をするのには飽き飽きしてきた。ルークの秘密とやらも、本当なのか怪しいものだ。

「それよりなんで俺に構うんだよ。こんなところで油売っててていいのかよ」

「わたしはもう三人作った。まだ足りないが、今はあれこれ言われることはない。だから、少しくらい子供のできない遊びに興じても構わない」

「あ、そ」

「君とベッドをともにしたら、楽しそうだ」

ピタリとダンスを止め、ブラッドリーはリヒトを見つめた。情熱的とも言える眼差しの奥に、何が隠れているのかはわからない。

「君はあっちのほうは上手いんだろ？　ルークに一晩借りたいと言ったら、あいつはどう出るかな？　君は妊娠しないし、何より背徳的だ」

ギクリとした。もし、貸し出されたらこの男と寝なければいけないのか。前戯の相手としてではなく、最後まで――。

「俺とやっても面白く……」

「いいや、君みたいな生意気そうな男に恥辱を味わわせるところを想像したら、興奮するよ。わたしと一晩どうだ？」

そんなことを聞かれても困る。やはりこれ以上相手にすべきではないと踵を返そうとした時、腰に回された腕に躰を引き寄せられた。

「――ん……っ！」

口づけられ、リヒトはすぐに反応できなかった。殴ろうと思ったが、相手は特権階級だ。もし問題を起こせばルークが責任を問われるだろう。ただでさえ敵の多い男にさらなる敵を作る可能性もある。

「いいね、その怒った表情」

かろうじて胸板を押し返すにとどめたが、腕の中に収まった状態で逃れられない。唇を解放されても目の前にブラッドリーの顔があり、さも楽しげな視線に捉えられた。

「このまま別室へ行こうか?」

「冗談だろ。俺には役目が……」

「だから、ルークに言って許可を貰えば一晩中楽しめる」

顎をしゃくられ、顔をそちらに向ける。ルークが見ていた。

後ろめたさが胸に広がったのが、なぜか悔しい。自分は悪くないのに――。

そんなモヤモヤを抱えていると、ルークが一緒にいた青年を置いてこちらに向かって歩いてきた。

「ブラッドリー、いい加減……」

「なぁルーク。今晩この子を貸してくれないか?」

ルークの言葉を遮るように、ブラッドリーが言った。笑顔さえ浮かべている。

「なんだと?」

「この子を一晩貸して欲しいと言ってるんだ。とても綺麗な子だ。抱いてみたい」

「……悪ふざけが過ぎるぞ」

「ふざけてなんかない。今日くらいいいじゃないか。わたしは三人作った。焦って子作りすることはないいんだ。君にはわたしのつき人を貸すよ。見た目はこの子ほど綺麗じゃないが、すごく尽くしてくれる。口での奉仕は上手だしね。たまには別の子に勃たせてもらったほうが、案外繁殖に成功するかもしれないぞ」

ルークは黙ったままだった。まさか応じるつもりかと、考えたくない可能性に心臓がうるさく跳ねる。

断ってくれ。頼むから、冗談じゃないと提案をはね除けてくれ。

リヒトは何度も心の中で願った。ブラッドリーは嫌いではない。だが、抱かれたくはなかった。しかも、ルークに許可を与えられるなんて最悪だ。

「本気で言ってるのか？」

「当然だ。君だって早いとこ一人目を作ってアエロ地区の老人たちを納得させないと」

「だからこいつが必要だ」

「そうか？　案外、この子がいるから……、――っ！」

ルークが胸倉を掴んだ。笑みを浮かべたままのブラッドリーとは対照的に、ルークは視線で人を殺しそうなほど険しい顔をしている。

音楽は相変わらず優雅な時間を紡いでおり、時折、笑い声や歓談の声が聞こえてくる。

「どうして怒ってるんだ？」

手はすぐに離れた。まだ誰も二人の険悪な空気に気づいていない。

「お前はどうなんだ、リヒト」

いきなり矛先を向けられ、一瞬言葉につまった。

「俺がいいって言ったら、俺を貸すのかよ？」

「いいと言うのか？」

悔しかった。いいと言えば貸すのだ。物のように、貸し出し、交換して楽しむ。

二人の膠着は、余裕のあるブラッドリーの声が破った。

「じゃあ決まりだ。ほら、来るんだ。今日は繁殖が目的ではないから、わたしが奉仕してやろう。楽しいぞ」

手を引かれ、歩かされる。

嫌だ。嫌だ。嫌だ。

会場を出るまで、頭の中はその言葉でいっぱいだった。声に出して叫びたいのを堪えるので精一杯だ。このまま部屋へ連れていかれると思っていたが、いったん立ち止まる。

「泣いてるのか？」

「なんで俺が……そんなんじゃねぇよ」

「だったら、なぜ歯を喰いしばってる？」

「悔しいんだよ。ルークの野郎、簡単に貸しやがって……俺は道具じゃない」

ふ、と笑ったのが気配でわかった。顔を上げると、先ほどとはまったく違った表情でリヒトを見下ろしている。優しげな、どこか同情を隠せない目だった。

「君は悔しいんじゃない。哀しいんだ」

「はっ、意味がわかんねぇ」

「本当にわからないのか？」

その時、会場の扉が開いてルークが出てきた。誰か連れているかと思ったが、意外にも一人だ。ブラッドリーは、予想の範疇だとばかりに言い放った。

「気が変わったのか？」

「ああ」

勝ち誇ったように、ブラッドリーは笑った。あっさりとリヒトの手を放して小さな声で耳打ちする。「彼のサポートを頑張って」

「――来い」

リヒトは腕を摑まれ、無理矢理歩かされた。振り返ると、ブラッドリーは軽く手を挙げて笑みを浮かべている。ただのイタズラか、別の意図があるのか。どちらにしろルークが何かを刺激されたのは間違いなく、その胸を焼く苛立ちをこれから向けられるだろうことだけは確かだ。迷惑極まりない。

「なんだよっ！　なんでそんなに機嫌が悪いんだよ！」

静かだからこそ怒りも大きい気がして、リヒトは怖じ気づくのだった。

パーティー会場から連れ出されたリヒトは、用意された別室へと放り込まれた。部屋の作りはイアンのところと似ていて、前戯のための部屋とその奥にもう一室ある。

「なんだよ、乱暴だな！」

手首をしっかりと摑まれて痛かった。何を怒っているのか、まったくわからない。

「お前が自分の仕事を忘れているからだ」

忘れてなんかいない。だが、反論するのも癪だった。『ルークの秘密』を餌に踊るよう言われ、従った。結果、唇を奪われるなんて間抜けな結果を招いたのだ。

しかも、たいした収穫はなかった。目の前の冷たい男が絵画の中の白い絶滅種に恋をしているという、リヒトでも予想していたことが当たっていたと確認できたくらいか。

「仕事すりゃいいんだろ？　で、相手がいないけどどうすんの？　イアンを呼ぶ？」

「脱げ」

急な命令に、リヒトは耳を疑った。奥の部屋には誰もいないはずだ。ルークと話をしていた青年は会場に置いてきたし、イアンはバルコニーのほうに行ったきりだ。

「なんだよ、どういうこと？」

「俺の命令に背くのか？」

「……ッ、だから何、怒ってるんだよ……っ、——ぁ……ッ！」

ベッドに押し倒され、上から見下ろされる。この上なく不機嫌なのは、その表情からもよくわかった。上着を摑むように剝ぎ取られ、頰がカッと熱くなる。ボタンがはじけ飛ぶんじゃないかと思うほどの力でそうされると犯されている気分になり、心臓がドクドクと激しく高鳴った。乱暴されて心が高揚するなんて、どうかしている。

「おい……っ、待てよ……っ、ひ……ぁ……っ」

ルークの感情的な姿は滅多に見ることがないだけに、リヒトからも平常心をいとも簡単に奪った。普段冷静だからか、激昂するルークはどこか色っぽい。

人間の本質。生の感情だ。

それらをさらけ出し、ぶつけてくる。怖くて、闇雲に抵抗した。

「俺をその気にさせろ。どんな手を使ってもだ」

「その気になっても、相手が……いないだろ……っ。意味が……っ」

「翼を見せろ」

ギクリとした。

「な、なんで……っ」

「いいから、俺の前に翼を晒すんだ」

改めて見せろと言われると急に恥ずかしくなってくるから不思議だ。怒りを宿した目で凝視しながら最下層の者に翼を晒せと命令するのは、どういう意図なのだろう。

「嫌だね。なんでそこまでする必要が、あるんだよっ。子作りしねぇんなら、俺があんたに奉仕する意味もねぇだろ！」

「それなら俺が奉仕してやる」

「何すんだよ……っ、——おいっ、やめろって……っ」

スラックスのベルトを外され、下半身を覆うものをすべて奪われた。薄いシルクのブラウスだけでは、股間は隠しきれない。ブラウスの裾はちょうど尻が半分隠れるくらいの長さで、妙に恥ずかしかった。だが、それすらも脱がされる。

「おとなしくしていろ」

ルークが手探りでサイドテーブルの抽斗を開けた。手にしたものを見て、信じがたい思いでいっぱいになる。ジェル状のそれは、使ったことがあった。ただし、自分が塗られるのではない。塗る側だ。

「何やって……っ、——ぁ……っく」

ルークを勃たせた時に使ったものを後ろに塗りたくられ、奉仕される側にいることを思い知る。ルークはいつも堂々としているが、リヒトには無理だった。

「これでも翼を見せないか」

「ぁ……っ、……っく、やめ……っ、……ぁう……っ、……ぅう……っく！」

俯せに組み敷かれると、きつく閉じている蕾をこじ開けるようにルークの指が侵入してきた。あまりの衝撃に戸惑いながらシーツを摑む。

「あ、あ、……っく、……やめ……っ、……ぁあ……っ！」

「翼を見せろと言ってるんだ。意地を張るな」

絶対に見せるものかと奥歯を嚙み締め、恥辱に耐えた。だが、意地を張れば張るほどその怒りは増し、リヒトを追いつめる指もさらに傍若無人に振る舞うようになる。

「んぁあ……っ、……ぁ……っく、……ふ……ぅう……っ」

シーツに顔を埋めて声を殺すが、微かに漏れるそれはリヒトの気持ちを吐露していた。

これほど恥ずかしい行為だとは思わなかった。奉仕するのとされるのではまったく違う。

だが、やめて欲しくない。もっとして欲しかった。指が与える刺激を貪ってしまう。

「なぜ見せない？　命令だぞ」

「嫌だって……っ、言ってん、だろ……っ」

「そうか、だったらこうだ。いつまでも意地を張っていられると思うなよ」

「んぁああ……っ」

指で奥を探られ、全身が震えた。つま先が痺れ、快感が全身を駆け抜けた。このまま刺激を与え続けられたら、どうにかなってしまいそうだ。

なぜルークがここまでして翼を見たがるのか、わからない。

「まだ見せないか?」

「わ、わか……った、よ……、……ぁ……ッふ」

観念し、リヒトは鳥人へと姿を変えた。全身が震え、両腕が黒い羽に覆われたかと思うとそれは翼へと変わる。腰の辺りが熱くなり、上尾筒が生えてくると真っ白なシーツに黒い羽が広がった。それを見て、眉根を寄せる。

「こっちの姿を見るのは、久し振りだな」

「……なん、だよ? 満足か?」

ルークは上着を脱ぎ、スラックスの前をくつろげた。口で奉仕していないのに、それはすでに形を変えている。

「おい、何するつもりなんだよ……っ」

「黒ってのは、不吉な色だ。傍に置くなと言う者もいる」

硬い皮膚に覆われた足首を摑まれ、両側に大きく開かされる。リヒトの中心が反応しているのを確認するルークを、ひとでなしと罵ってやりたかった。ここまで屈辱を与えるのはなぜなのだろう。

「絶滅種がいいんだろ?」

「なんだと?」

「あんたは……あの、白い……っ、絵画の中の……っ」

「うるさい唇だ」

顎を摑まれ、親指で下唇を強くなぞられる。

「ぅん……っ」

嚙みつくような激しさで、ルークが唇を重ねてきた。歯が唇に当たって少し切れたようだ。微かに血の味がする。けれども、舌と唇で愛撫（あいぶ）するように舐め回され、痛みはすぐに消えた。

「ぅん……、んっ、ん、んんっ」

くぐもった声は次第に甘さを帯びていく。口内を蹂躙する舌の容赦ない動きに、息が上がっていった。

「んぁ、……ぁ……ん、……んッ……ふ」

俯せにされ、上尾筒のつけ根を乱暴に摑まれる。

「——ぁ……っ！」

そこは敏感だった。強く握られているとつけ根辺りがむずむずして、全身に広がる。

「はぁ……っ、……ぁ……、やめ、ろ……」

「なぜやめなきゃならない？」

「いい、から……っ、やめ……、やめてくれ……っ」

刺激が強すぎるのだ。尻の穴がぞわぞわして、妙な気分だった。戸惑うリヒトを冷たい

目で見下ろし、ルークは自分をあてがってくる。

まさか本当に繋がる気かと、これまでに感じたことのない危機感に震えた。ルークのつき人として、奉仕してきた。その形や、どんなふうにすれば雄々しく勃ち上がるのかも知っている。だが、命の危険に晒されたルークが洞窟の中で襲ってきた時ですら、最後までしなかったのだ。

なぜ今、と戸惑いを覚えずにはいられない。そんなリヒトを追いつめるように、腰を進められる。

「……待……っ、ぁあ……っ、待て……って……、あぁ……っ」

先端がねじ込まれ、固く閉じた肉壁を無理にこじ開けようとしていた。息がつまり、熱の塊が自分を引き裂くのではないかと思うほど衝撃に晒される。

圧倒的な力を前に、リヒトは無力だった。

「――ひ……っ！　ひぃぃ……っく、……ぁ……あ……っ、――んあぁぁ……っ！」

バサバサ……ッ、と羽音を立てて、侵入してくる熱の塊を受け入れる。躰の芯がジリジリと焼かれるようだ。その熱は、あっという間に全身に伝わる。

（あ、嘘……っ）

信じられなかった。果たしてこの関係は許されるのかと思い、怖くなる。それなのに悦びに噎せる自分もいて、混乱のままただ行為に身を沈めるしかなかった。

ルークが、自分の中にいる。自分の中で、雄々しさを保っている。

何度も噛み締め、すすり泣いた。

「んあぁ……、あっ！　あぁ……ぁ、……っく、――ぁあっ」

ズルリと出ていかれ、すぐにまた根元まで深々と収められる。何度も繰り返されているうちに、漏れる声が悦びの色を濃くしていくのが自分でもわかった。混乱に襲われながらも、そこはひくついて熱の塊をさらに深く呑み込もうとする。

「見る、な……っ」

「黙れ」

涙が溢れた。

気持ちよくって、信じられないほど気持ちよくって、このままどこかへ連れ去って欲しかった。いや、どこかではない。階級などない世界に連れていって欲しいのだ。

「ぁ……ッ」

黒い不吉な羽が舞い、自分の立場を思い知る。最下層の、ルークとは一番遠い存在。一番釣り合わない相手だ。それなのに、こうして抱かれている。

「あ、んぁ、あ……、……っく、……ぁ……ぅ……う……ん」

「お前は、俺の相手だ。二度と、自分の仕事をっ、……っく、忘れるな……っ」

耳元で聞かされる獣じみたルークの息遣いが、リヒトをよりいっそうこの行為に深く引きずり込んでいるのは言うまでもない。時折漏らされる男っぽい喘ぎは、リヒトの耳に入る音をそれでいっぱいにする。

されるがまま注がれる愉悦を貪るしかなかった。拒絶したいのに、躰はルークを欲しがっている。いや、躰だけではなかった。心もだ。奥を探るように、そしてリズミカルに腰を使われ、ルークのそそり勃ったもので何度も貫かれる。

二人の息遣いが同じリズムを刻み始めると、向かうところは一つだった。

「んぁ、ぁあっ、……も……、……もう……っ、――ぁぁあ……っ！」

「――リヒト……ッ」

耳朶に強く嚙みつかれ、リヒトは下腹部を震わせた。同時に自分の中のルークも激しく痙攣したのがわかる。中をたっぷりと濡らされ、繫がった部分がひくついてどうしようもなかった。十分すぎるほどの快感に躰はくたくたなのに、まだ足りないとばかりに吸いついている。

「……欲深い奴め」

「ぁあ！」

低く、掠れた声で揶揄され、再び愉悦の海に突き落とされる。

やんわりとした抽挿が始まると、深く沈んでいきながらすでに身も心も応じている自分に驚いた。もっと欲しい。この時間が永遠に続いて欲しい。そして、何も考えないでいいほど溶かして欲しい。そう強く願ってしまう。

その日からルークは変わった。

イアンのもとへ通わなくなり、代わりにリヒトを抱くようになった。毎晩のようにリヒトの部屋へ来て、無言で躰を重ねる。なぜそんなことをするのかわからないまま、リヒトもルークに抱かれ続けた。言葉を交わさないのは、心が通じているからではない。ルークの心が見えぬまま、深いところへ落ちていく。

這い上がりたくても、リヒトの黒い翼は飛び立つ力を持っていない。


こんなことが長く続くはずがなかった。

ルークに抱かれるようになってから二十日ほどが過ぎる頃、緋色の目の男たちが屋敷を訪れた。彼らが改まって屋敷を訪問するなんて初めてで、嫌な予感しかない。何か起きたのだろうかと思っていると、リヒトも呼ばれて応接室へと通される。

待っていたのは五人。ルークも事前に何も聞かされていなかったらしく、突然の訪問に訝しげだった。ソフィアたちもただならぬ雰囲気を感じ取っているようで、ドアの外で立ち聞きをしている。

「ルーク様。本日は大事な用で参りました。そちらの低危険種に関することです」

「なんだ？　こいつが何か問題でも起こしたか？」

「いえ、恐れ多くも申し上げます。問題は貴方様にございまして」

深々と頭を下げる態度はいつもと変わらないが、強気の姿勢だというのはリヒトにも十分伝わってきた。それだけの理由があるのもわかる。

「お噂になっております」

「噂？」

「ネヴィル家のご子息が低危険種に現を抜かしていると……」

ルークは黙ったままだった。イアンのところに行かず、リヒトとの行為を繰り返しているのは事実だ。そう受け取るのは当然だろう。

「誰がそんなことを言った？」

「誰がではございません。お噂になっていると申し上げているのです」

「噂のもとはどこだと聞いてるんだ」

「それは問題ではございません。お噂されている以上、事実でないと示していただかねば」

「このままでは、繁殖の妨げだと受け取られかねません。そうなるとその者は……」

チラ、とリヒトを見て含んだ言い方をする男に、ルークは苛立った口調で返した。

「では申し上げます。つき人を替えていただくのがよろしいかと」

頭を深く下げる男を、ルークはじっと見下ろしていた。何も言葉を発しようとしないのは、いったいなぜなのか。しばらく沈黙が続くが、業を煮やしたように緋色の瞳の男はさらに強い口調で続ける。

「はっきり言え」

「ルーク様。その者を手放すのは何か不都合が……」

「ハッ、ちょうどよかったよ。この仕事に飽き飽きしてたんだ」

鼻で嗤い、リヒトは会話に割って入った。心臓が大きく跳ねている。

パーティーの日にあったことを、そしてその日以来毎日のように繰り返している二人の行為を知られたらどうなるのだろう。そう考えると怖くなった。己の身を案じているのではない。ルークがどういう立場に追いやられるのか、想像してしまうのだ。

そして本当に怖いのは、自分の心の奥にある気持ちだと薄々気づき始めている。

上着のポケットの中の、ルークの羽。

山で拾った時から、ずっと持っている。大事にハンカチに包んで持ち歩いている理由から目を逸らしていたが、とうの昔に気づいていた。

(俺は……)

リヒトは愕然とした。

抱いてはならないものが、ここにある。そして、それは日に日に大きくなっていく。もう自分の手に負えないほど育ってしまって、何か外からの圧力で潰さなければこの身を引き裂いてしまうだろう。

「あんただって別に俺じゃなくてもいいだろ？　わざわざ不吉な色の羽を選ぶ必要もないんだし」

声が震えていないか不安に思いながらも、気丈に振る舞う。リヒトの言葉に、緋色の男たちは満足しているようだった。あとはルークの返事次第だ。

「そうだな。俺もお前には飽きてきたところだ。妙な誤解を招きたくない。好きにしろ」

「それではルーク様」

ここぞとばかりに、緋色の目の男が身を乗り出す。

「解任でいい。別の者を用意しろ。そいつは十分働いた。貧民街に帰してやれ」

それだけ言うと、リヒトを残して部屋を出ていこうとした。しかし、問題はまだ解決していないらしい。

「ルーク様。この者は本来なら投獄されていた身。簡単に解放することはできません」

「なぜだ？」

「仕事を全うさせずに罪人を放免したとなれば問題が生じます。ですので、しばらくの間は新たな仕事に就いてもらおうかと。時期を見て解放すれば罪を償ったと言えるでしょう」

「好きにしろ。お前らに任せる」

あっさりしたものだった。自分の部屋へと戻っていくルークを、ソフィアたちが追いかけている。慌てて質問を浴びせているのがわかるが、ルークの声は聞こえない。遠ざかっていく足音に、自分との間にある大きな隔たりを感じた。

もともと同じ世界に住める相手ではない。窃盗など働かなければ接触すらしなかったはずだ。けれども、成り行きでつき人になった。そして、僅かでも心の一部を覗くことになり、知ったのだ。

絶滅危惧I種は雲の上の存在かもしれないが、神ではない。同じ人間なのだと……。

「それでは、明日迎えに来る。お前は新しい主のもとで働くことになる。心しておけ」

そう言い残して、緋色の目の男たちは満足げに部屋を出ていく。残されたリヒトは、しばらくぼんやりしていた。立ち上がる気力すら湧かない。何か大きなものをなくした気がして、自分が空っぽになった気がして、次の行動が起こせなかった。

ふと、母たちのいる貧民街への支援について何も聞かされなかったことに気づき、なぜすぐに思い出さなかったのだろうと自分が薄情に思えてならなかった。『中央』で生活しているうちに、変わってしまったのだろうか。

自嘲気味に、口元に笑みを浮かべる。

一方ルークも、自分の中の感情がなんなのか把握できずにいた。後ろからついてくる小さな足音など気にもとめず、歩いていく。

「リヒトはどこかに行っちゃうんですか？」

「なぜ急に……これまでルーク様に仕えてきたというのに。はじめはどうなるかと思いましたが、今はよくやっています」

「お、俺もリヒトは嫌いではないです！」

口々に責めるようなことを言う三人に、ピタリと足を止めて振り返った。いや、責められていると感じるのは、自分の中に後ろめたさがあるからなのかもしれない。

「あ、あの……ルーク様」

三人は息を吞んだ。青ざめているのは、それほど怖い顔をしていたのだろう。自分らしくないと気持ちを落ち着け、穏やかな口調で言う。

「あいつのためだ」

屋敷を訪れた緋色の男たちが何を言いに来たのか、ルークにはわかっていた。チラつかされたのは、リヒトの命を脅かすルールの存在だ。

ごく稀に生まれる見た目の優れた低危険種に繁殖のサポートをさせるのは、特権及び上層階級の間では常識だ。ソフィアたちのように、中流階級の中にも屋敷で働く者の耳には入っている。誰も驚かない。

けれども、知られていないことがあった。

繁殖のサポートをするために連れてきた低危険種に絶滅危惧I種が本気になった時、低危険種は繁殖の妨げになるという理由で処刑されるのだ。その関係性から、陥りやすいと言える。だが、誰かに心を奪われるなんて考えられなかった。そんなことにはならない自信があった。

けれども、あの日以来ルークは変わった。

ブラッドリーとダンスを踊り、キスをされるリヒトを見て頭に血が上った。一度は挑発に乗って手放したが、どうしてもくれてやる気にはなれなかった。

幼なじみのことは、よく知っている。冷酷な一面もあり、割りきった考え方ができる魅力的な男でもあった。情に流されないところは、まさに上に立つに相応しい資質だと言えるだろう。感情に押し流されないだけの確固たる信念——特権階級の地位を揺るがしてはならない、絶滅させてはいけないという使命を最優先し、貫ける強さがある。

そして、欲しいものは必ず手に入れる。

「リヒトは、本当にここを出ていくのですか？」

「そうだ」

「不吉な色の羽だからですか？」

ダレルに問われ、心の中で答える。違う。こうなったのは自分のせいだ、と……。

ルークはリヒトの噂を思い出していた。不吉な色の羽を持つ窃盗団のリーダー。見た目だけはいいが、とんでもない悪党だと聞いていた。捕まえた時に抱いた気持ちは、今でもよく覚えている。

（最下層の人間が美しくないだと？）

顔を覆う布を剝ぎ取った時、心臓を貫かれた。艶やかな黒い髪と黒い瞳。最下層の中でごく稀に生まれる美貌の持ち主とは聞いていたが、予想以上だった。

そして、初めて鳥人の姿になったリヒトは鮮明に心に刻まれている。

庭で蛇を捕まえた。野生児のような振る舞いとは裏腹に、優雅な姿だった。黒くて長い上尾筒を見た時の衝撃。銀色のラメをちりばめたような眼状斑の輝きは、いったいこれのどこが最下層なんだと目を疑った。黒い羽がこれほど美しいのなら、自分なんかよりよほど国力を示すことができるのではとすら思った。

ブラッドリーの屋敷で抱いた時、羽を晒せと、鳥人の姿になってみせろと言ったのは、見たかったからだ。何度でも見たいと思うほど、心奪われた。

「あんなに綺麗じゃないか……」

無意識にそう零し、再び歩き出す。リヒトに対して自分が抱く気持ちは言葉にできないが、一つだけはっきりとわかることがあった。

これほど心惹かれる相手は、きっと二度と自分の前には現れない。

# 5

一日をこれほど短く感じたことはなかった。

翌日、ルークの屋敷を出ていくことになったリヒトは、門の前で迎えの馬車を待っていた。見送りに出たのは、ソフィアとチャーリーとダレルだ。いつも口うるさい三人も、今日は葬儀の参列者のように黙りこくって俯いている。ルークの姿はなかった。

「本当に行っちゃうの？」

ソフィアが泣きそうな顔をして聞いてくる。「ああ」と小さく言って頭に手を置いた。しおらしい態度に、別れが惜しくなる。

リヒトがいた貧民街への支援は、引き続きルークが行うと約束してくれた。それだけで十分だ。思い残すことはない。そう自分に言い聞かせる。

しばらくすると、馬車が敷地の中へと入ってきた。それはリヒトたちから少し離れたところに停まり、中から一人の青年が出てくる。

「新しい人だ」

チャーリーの言葉に、胸の奥にズクンと痛みが走った。ルークの繁殖をサポートする者が今日到着すると聞いている。

次のつき人は、痩せていて怯えた顔をしていた。焦げ茶色の髪はボサボサで目だけがギラギラしている。だが、器量は悪くはない。まともな食事を摂って栄養状態が改善されれば、見た目もぐんとよくなるはずだ。テクニックはわからないが、ルークの繁殖を手伝うには十分な相手だった。品定めしていた自分に気づき、思わず嗤う。以前はこんなことはなかった。『中央』での生活で変わってしまったのだろう。

そして、一番変わったのは——。

(もういい。終わったことだ)

未練を断ち切るために三人に「じゃあな」と軽く手を挙げて、馬車に乗り込む。

ソフィアたちが泣きそうな声で何か言っているが、敢えて振り向かなかった。窮屈な生活だったが、楽しかったと心の中でつぶやく。伝えるべきだったかもしれないが、言葉にすれば堪えているものが溢れそうで、やめた。

「では、馬車をお出しします」

リヒトとともに馬車に乗り込んだのは、緋色の目の男だった。

「で、俺は次に誰に仕えりゃいいの?」

「そのうちわかります」

「黙って運ばれろってことか。相変わらずあんたらって、偉そうだよな」

馬車は『中央』を出て『特別区』を通り、市街地へと向かった。市街地をあとにしたら、貧民街か農村部へ行くしかない。けれども、行き先はそのどちらでもないらしい。

(なるほどね……)

別の地区へ連れていかれる可能性も考えたが、窓の外を見るといつの間にか馬に乗った男が数人ついてきていた。まさに罪人の移送だ。

「なぁ、そろそろ本当のこと教えてくれたっていいだろ?」

この先は山道になっている。己の未来が想像できた。

「かわいそうだが、これは昔からの決まりでね」

「つまり、俺は人知れず殺されるってわけだ。なんで?」

返事はなかった。低危険種の命など、この男にはなんの価値もないらしい。殺される理由すら教えてくれないなんて、同じ人間だという感覚すら持っていないだろう。

太陽が山の向こうに消える頃、馬車は止まった。両側は深い森で、あるのは一本道だけだ。しかも、どこからともなく人影が現れる。緋色の目の男は馬車を降り、男たちに金を渡していた。あれは、貧民街にすら居着かない低危険種だ。金のためならなんでもやる。

「せめて自分の手を汚せばいいのに、そんな度胸もねぇのか」

「おい、降りろ!」

馬車の外から言われ、観念した。外に出た瞬間、屈強な男に腕を掴まれて後ろ手に縛られる。相手は五人。リーダー格の男と髭面。他三人は痩せているが、それでも荒事に慣れていそうな顔つきをしている。顔に傷がある男や右目が潰れた男など、見た目だけでも迫力があった。深い森の中で彼らに殺される自分を想像する。容易だった。

ルークはリヒトが生きていると信じているに違いない。ソフィアもチャーリーもダレルもだ。時々、食卓でリヒトの話題が出るかもしれない。

だが、すぐに忘れる。

「では、頼むぞ」

緋色の目の男はそう言い残し、馬車に乗り込んだ。それが走り去るのを黙って見送る。

「かわいそうだが、これも仕事でね」

「ゴロツキってのは、上層階級の犬みたいな仕事もしてたのか」

「なんとでも言え。金がなきゃ生きていけないからな。ほら、歩け！」

せっつかれ、森へと入っていく。暗く、月の明かりだけが頼りだった。枯れ枝を踏みしめる乾いた音が響く。リヒトの心もまた、乾いていた。

自分の死に場所は、こんなに寂しいところなのか。

そう考えると、なぜか嗤えてきた。口元を緩め、込み上げてくるものを吐き出す。

「ックックックックック……」

「おい、何を嗤っている」

「ッククックック、ッククックック！　アッハッハッハ！」

立ち止まり、跪いて肩を震わせた。馬鹿馬鹿しくて涙が出る。地面に頭をつくような姿勢でいつまでも嗤っていた。

「頭がおかしくなったのか」

「……なんで俺が殺されなきゃなんねぇんだ」

今度は急に腹が立ってきた。このまま黙って運命に従うものかという気持ちになる。せめて、抵抗くらいはしたい。

「おかしくなったふりをしても無駄だ。逃がしゃしねぇぞ」

「あんたさ、低危険種の俺がどうして『中央』で働けたか、知ってるか？」

息を呑んだ微かな気配から、項垂れるリヒトのうなじを凝視しているのがわかる。何度も自分の見てくれを武器に稼いできたのだ。そうやって生きてきた。

「俺が特権階級に、どんなご奉仕したのか知りてぇだろ？」

ゴクリ。

今度ははっきりと生唾を呑み込んだ音が聞こえた。わかりやすい男だ。

顔を上げると、リーダー格の男がギラついた目でリヒトを見下ろしていた。他の連中も互いの顔を見て仲間の様子を窺っている。そして、示し合わせたように口元を緩めた。

「教えてくれるのか？」

「まぁね」

「黒い羽のくせに綺麗な顔してやがる」

舌なめずりするリーダー格に釣られるように、リヒトを取り囲む。

「最後にイイ思いをさせてやろうか、美少年」

「イイ思いをしたいのはあんたらだろ？　なんなら、俺を買う？　助けてくれるんなら、サービスしちゃうけど？」

挑発的な言葉に「面白い」とばかりにリーダー格が仲間に目配せした。そして、リヒトを森の奥へと連れていく。これで一対一だ。

「どうやって特権階級に取り入ったのかと思ったが、やはりそういうことだったか」

「あんたすごくデカそう。俺、男を咥えるの好きなんだ」

「いいぞ。妙な考え起こすなよ」

男はナイフを取り出し、手の拘束を解いた。手首が擦れて赤くなっている。

「かわいそうになぁ。痛いか？」

「うん、すごく痛い」

「だったらあとで……、――ぐぅ……っ！」

いきなり鳩尾を蹴り上げた。青ざめた顔で跪く男にもう一発蹴りを入れる。だが、それは丸太のように太い腕で阻止された。

「――っ！」

「お前、油断ならねぇ奴だな！」

「ぐふ……っ！」

拳を腹に叩き込まれ、地面に転がった。さらに蹴り。口の中に酸っぱいものが広がる。髪を掴まれて立たされた。抵抗したがパワーが違う。

「ぁう……っ、ぐ……っ、ぐふ……っ」

何度も殴られ、あっという間に抗う気力を奪われた。怒りすらない。自分の命がここまで軽んじられることに虚しさを覚え、生きることを諦めた。

もういい。十分だ。

殴られた場所がズクズクと痛み、熱を帯びていく。

「ったく、手こずらせやがって。そのぶん楽しませてもらうぞ」

ゆっくりと馬乗りになってくる男を、ただ黙って見ているしかなかった。腕を上げる気力すら失っており、ブラウスのボタンを外されても何もできない。

「低危険種のくせにいいもん着て……贅沢な生活したんだろ？」

これからこの男の欲望に晒されるのかと思うと、死にたくなるほど憂鬱だった。力もなく、地位も低い自分は、こんなことをされてもただ黙って耐えるしかないのだ。

（さっさと終わらせて殺してくれ……）

リヒトは地面に仰向けになったまま、ぼんやりと空を見上げていた。

ブラウスの前をはだけさせた男は、リヒトの肌を見て嫌な笑い声をあげる。視界の隅に映っている男の存在を消したくて、木々の間から見える夜空だけを眺めていた。吸い込まれそうな闇だ。

その時、遥か上空を何かが飛んでいることに気づいた。闇の中でも、色鮮やかな翼がはっきりとわかる。絶滅危惧I種。長い上尾筒を靡かせ、優雅に飛んでいる。

（なんて……綺麗なんだ）

なぜこんなところを飛んでいるのかなんて、考えなかった。こうして踏みにじられている自分とは違い、ただただ美しいと感じた。

抱くのは羨望の念だけだ。これほどの差があると、妬む気持ちすら湧かない。本当はあんなふうになりたかったのかもしれない。虹色の翼が欲しかった。

胸をいっぱいにしたのは、決して手にすることのできないものへの憧れだ。どんなに望んでも手に入らない。望むだけ無駄だとわかっている。

はっきりとその気持ちを自覚した途端、視界が揺れる。男が覆い被さってきて、首筋に生暖かい息を吐きながら舌を這わせた。ゴツゴツした手でまさぐられて己の想いに涙が溢れ、目尻から伝って落ちる。

死が、闇のように自分を包んでくれればいいのに――。

そう思った瞬間、優雅に飛んでいた者がすごい勢いで滑降してきた。

「リヒト！」

「――っ！」

ルークだった。

バサバサッ、と羽音を鳴らしてリヒトを組み敷く男に襲いかかる。

「ぅわっ、なんだ……っ、誰だてめぇ！　ぐぁあ……っ」

異変に気づいた仲間もすぐに駆けつけるが、その時すでに男の顔は血塗れだった。猛禽類を思わせる鋭い爪と太い脚は、それだけで武器として十分に通用する。

「てめぇ、ぶっ殺してやる……っ」

男の仲間が刃物を出すが、構える前に大きな爪の餌食となった。翼を広げ、襲いかかる姿は伝説の怪物を彷彿とさせる。

恐ろしかった。

鳥人に襲われる男たちの悲鳴が闇に吸い込まれていく。恐怖に満ちた声だ。大の男たちが、しかも荒事に慣れていそうな男たちが涙目になって逃げ惑う姿はまさに悪魔にでも出会ったかのようだ。

「ひ……っ」

最後に残った髭面の男が、尻餅(しりもち)をついたまま後退りする。

「たた、助けてくれ……っ！」

「だったら行け！」

「ひぃ……っ」

仲間のことなど振り返りもせず、男は一目散に逃げていった。何度も足を取られて地面に転がりながらも、闇に塗り込められるように姿を消す。

リヒトは呆然としていた。ルークの足元に倒れている者たちは、ピクリとも動かない。

「化け物でも見る顔だな」

「そいつら……」

「大丈夫だ。死んでない」

かろうじて命を奪わない程度にとどめる冷静さはあったようだ。声を聞いて、いつものルークだとわかってどこかホッとした。だが、足に血がついている。

「これはあいつらの血だ。俺の傷は浅い」

「どうして、ここに……？」

自分を救出しに来たとは思えなかった。素直に信じるのが怖いのかもしれない。

「お前の命が狙われるのは予想できたからな」

「え……？」

「助けに来たんだよ。昨夜のうちにお前の家族も保護した」

使い捨てのように思われていたのではないとわかり、胸がジンと熱くなる。だが、ルークの表情は険しかった。まだ気を抜ける状況ではないようだ。

「でも、なんで俺が殺されなきゃなんねぇんだよ？」

「俺たち絶滅危惧I種がつき人に本気になった時、低危険種は繁殖の妨げになるという理由で処刑されてきた。人知れずな」

ドキリとした。

ルークは何を言ってるんだろう。言葉を聞き取ることはできても、頭が理解しない。

「だからお前を解任したんだ。飽きたと言えば誤魔化せるかと思ったが、そんなに甘くなかったな」

今、なんて。

聞くこともできず、ルークの横顔を凝視していた。口にした内容とは裏腹に、いつもの冷静な態度を崩さない。相変わらず感情が見えにくい。

「俺がお前に惚れたばかりに、こんなことになった。悪かったな」

愛を囁くには、あまりに落ち着いた声だった。硬直したまま動けないリヒトを大きな翼が包み込む。ローブを纏った王の懐に抱かれているような気持ちになり、ようやく現実として受け止められた。

近づいてくる端正な顔を直視できず、視線を足元に落とす。リヒトの唇に柔らかいものが触れた。

「ん……」

軽く重ねるだけのキスだった。出会った次の日から繁殖のサポートをしてきた二人にしてはあまりにも初々（ういうい）しいものだが、これまでにないほど心臓が跳ねている。

「愛してる」

「！」

「おそらく、お前を一目見た瞬間からだ。俺は心を奪われていた」

「……ルーク」

「俺たちの関係は、認められるものじゃない。お前をここに連れてきた連中は、帰りに何者かに襲われた。馬車の中で死んでたよ」

「え……」

「逃げるためにお前が殺したことにされるぞ。間違いなくな」

なぜ、緋色の目の男が殺害されるのか——。

「だったら、俺を助けたあんたまで追われることにならないのか？」

「俺を生かしておけば子供は作れる。貴重な絶滅危惧I種をそう簡単に処刑したりしないだろう。だが、なんでも許されるわけじゃない。とにかく行くぞ」

少し離れたところに男たちの馬が手綱で木に括りつけてあったため、一頭拝借した。鳥人の姿のままのルークと並走するように、慣れないながらもなんとか馬を走らせ、森を抜ける。

ルークを殺そうと目論(もくろ)んだハスケルは、投獄されているはずだ。まだ暴かれていない陰謀が残されているのか、それともまったく別の誰かが何かを企てているのか。

「屋敷には戻らないほうがいい。ブラッドリーなら信用できる。奴の屋敷にこっそり入れたらいいが……。お前は頼れる相手いるか？」

「ああ、ロアって幼なじみがいる。あいつなら協力してくれる」

二人は目を合わせると、貧民街へと向かった。

追われる身となっても、夜空の星はいつものように美しく輝いていた。

貧民街に戻ったリヒトは、ルークを自分の家に置いてロアを訪れた。ちょうど夕飯の時間だったらしく、質素な食卓を囲んでいる。笑い声も聞こえた。窓から顔を覗かせる。

リヒトに気づいたロアは目を丸くした。人差し指を唇に当てて静かにするよう伝えると、家にいると合図する。ルークの待つ自宅へ戻り、しばらくするとドアがノックされた。

「リヒト、急にどうしたん……、——っ！」

ルークを見たロアは固まった。憧れの絶滅危惧I種だ。しかも鳥人の姿のため、羽の美しさを目の当たりにして驚いているのだろう。

「あの……えっと、なんで？」

「とりあえず着るもん欲しいんだけど。お前の親父さんの借りれないか？」

「え、あんなの着るの？」

「裸よりましだ。な？」

「ああ、なんでもいいから貸してくれ」

「は、はいっ。今持ってきます！」

ロアはガチガチに緊張した様子で踵を返した。すぐに着るものを手に戻ってきたがルークの存在に慣れないらしく、動きがぎこちない。

「ど、どうぞ！」

「すまない」

生成りのシャツとズボン。靴もあるが、どれも粗末なものだった。躰のラインが出るため、発達した胸板や長い手足が手に取るようにわかる。襤褸を纏っているせいでどこか荒んだ雰囲気を漂わせていて、それがむしろ男臭さを強調していた。安全なところで護られている時よりもずっと危険な匂いがして、思わず笑う。

「相当なワルって感じだな。いいよ、あんた似合ってる」

「動きやすくはあるな」

父親の衣服を着ても衰えぬ特権階級の美貌に、ロアはただ圧倒されている。

「えっと……それよりどうしたの？　何があったんだよ？　マキちゃんもお前のお袋さんも突然いなくなったし」

「ああ、それは心配ない。保護してもらってるんだけど、俺のほうがまずいことになってるんだ。追われてる」

「目立たないようにケライノ地区へ入りたい」

ルークが言うと、ゴクリと唾を呑んで声を張りあげた。

「は、はいっ！　もちろんです！　荷馬車があるから、それに荷物を積んで運べばケライノ地区に入れると思います！」

「しっ！　あんまり大声出すなって！　隠れてるんだから」

「そ、そうだよね。ごめん……。じゃあ、俺、さっそく手配してくる。二人はここで待ってて。あとで食べ物持ってくるから。情報もできるだけ集めてみる」

ロアの助けを借りられると思うと、力が抜けた。途端に空腹に気づく。朝から何も食べていない。久し振りの感覚を思い出し、いつの間にか『中央』の生活に馴染んでいたことを自覚した。そして、ルークを見てニヤリと笑う。

「あんた、腹減るの初めてなんじゃねぇの？」

「馬鹿言え。儀式のために絶食することはある」

「へぇ、他にも祭りがあるんだ？」

リヒトは農村部でのことを思い出していた。炎と闇の儀式。あの時のルークは幻想的で見事だった。それが今、こうして自分と似たような格好で傍にいる。

「……なんだ？」

「べ、別になんでもねぇよ。ケライノ地区も『中央』に入るのは簡単じゃねぇんだろ？」

「ああ。だが市街地にブラッドリーの屋敷に出入りしている男がいる。家具職人で俺もよく知ってる男だから、市街地にさえ入れたらこっちのものだ」

「じゃあ、あとはロア次第だな」

外の様子に気をつけながら、少しでも躰を休めようと交代で仮眠を取った。深夜になりロアが食料と集めた情報を持って再び姿を現す。

『中央』は騒ぎになっているようだった。ルークの予想どおり、上層階級の者が殺されてリヒトが逃亡していることにされている。リヒトは殺人犯として追われているのだ。ルークに関してはなんの情報もないらしい。特権階級の不祥事となれば、さらに混乱を招く。内々で処理するつもりなのかもしれない。

「ブラッドリーの耳にも入っているだろうな」

「じゃあ助けは……」

「いや、むしろ都合がいい。俺が逆の立場ならブラッドリーを信じる。どんな人間か知ってるからな。あいつも俺の接触を予想してるだろう」

いい関係だと思った。特権階級という立場はどこか孤独を感じさせるが、リヒトと同じように信頼できる友人がいる。

そして翌日。日が暮れる時間を待ってリヒトたちは人目につかないよう荷馬車でケライノ地区を目指した。馬車は何度か警察隊に止められたが、特に荷物を調べられるようなことはなく、順調に進む。しかし、辺りが再び闇に包まれる頃、異変が起きた。

「おい」

ルークの声に、うとうとしていたリヒトは目を覚ました。外を見ると周りは真っ暗で、見えるはずの街の灯りがまったくない。いつの間にかルートから外れたようだ。

「様子がおかしい」

「え?」

「このまま行ってもケライノ地区には着かないぞ」

一気に目が覚めた。道を間違えたのなら、声をかけてくるはずだ。

「奴はスパイだ」

「そんなこと……、ロアが俺を裏切るはずがない」

「どうだかな」

ムッとしたが、状況は確かにルークの言葉の裏づけにはなっていた。これ以上進んでも状況は悪化するだけだ。

「ロア、道順が違う」

声をかけたが返事はない。確定だ——そう認めるのと同時に、ロアは馬車のスピードを上げた。飛び降りようとしたが、馬車は森に入る。両側に生えた木々が次々と通り過ぎていった。ぶつかれば大怪我を負うだろう。

「ルーク、あんただけでも逃げろ。飛べるだろ！」

「そう簡単にはいかないらしいぞ。見ろ」

馬車は速度を落とし、開けた場所で停まった。そこで待っていたのは警察隊だ。ざっと見ても二十人ほどいる。逃げられる数ではない。リヒトを連れて飛んで逃げても、リヒトが狙い撃ちにされるだけだろう。

ロアは振り向きもせず馬車から降りて警察隊のほうへ走った。

「どうしてだ！　金か！」

ピタリと足を止めたロアは、ゆっくりと振り返って哀しそうな顔をする。

「どうしてだって？　笑っちゃうよね」

「ロア……」

「俺は羨ましかった。お前が……っ、羨ましかったんだよ！　リヒトに俺の気持ちはわからない！」

　叫ぶように放たれた言葉は、リヒトの心臓を貫いた。濁りのない気持ちだからこそ鋭く、深く心を抉る。

「リヒトは昔から誰よりも綺麗で、女の子はみんなお前を好きになった。だから『中央』にも呼ばれたんだろっ！」

　虹色の羽を持つ者たちへのロアの憧れは、大きかった。空を飛ぶ特権階級をうっとりと眺めていたことはよく覚えている。

　羨望はいつしか嫉妬に変わった。毒を盛られたあと実家に帰ったが、あの時ロアはどんな顔で自分の話を聞いていたのだろう。低危険種が決して立ち入ることのできない『中央』での生活。それを、自慢げに話したのだ。

　笑顔に陰りはなかったか。表情はこわばっていなかったか。

　わからない。

　今の今まで何も気づかなかったことが情けなく、自分を責めた。裏切ったのはロアが悪人だからではない。ロアをこんな行動に駆り立てたのは、紛れもなく自分だと……。

「どうかその者を引き渡してください。ネヴィル家のご子息ともあろうお方が、罪人を匿うなど言語道断」

「リヒトが上層階級を手にかけたというのは、誰からの情報だ？」

「それはお教えできません！」

「なぁ、ロア」

ルークに名前を呼ばれただけで、ロアはビクリとした。深みのある声は静かだが、どこか心を揺さぶられる。ロアの中の後ろめたさが共鳴したのかもしれない。身構えるロアの顔には、畏怖の念が浮かんでいた。

「後ろには誰がいる？」

ロアは答えなかった。警察隊の後ろに隠れるように身を屈めたまま、こちらをじっと見ている。

「ここまでです。これ以上罪人を庇うのでしたら、貴方様を捕らえるしか……」

その時、ルークが服を脱ぎ捨てて鳥人へと姿を変えた。まるで不死鳥のように翼を広げ、色鮮やかな虹色の羽が視界を覆う。警察隊を襲うルークは、怪鳥のようだった。恐ろしく、そして美しく、人々を喰らうのではないかと思うほど怪異な形相で襲いかかる。

「逃げるぞ、リヒト！　先に行け！」

その声を合図に、自分に向かってくる警察隊を躱してリヒトは走り出した。

追っ手が来ていないことを確かめたリヒトは、地面に膝をついた。息が上がってすぐに声が出ない。心臓が破裂しそうだ。

「はぁ、はぁ、はぁ……っ」

辺りの様子に耳を傾けると、遠くで声がした。怒鳴り声から、自分たちを必死で捜しているのがわかる。まだ落ち着くわけにはいかないと立ち上がり、歩き出した。

「あんた、怪我……」

「大丈夫だ」

ルークの足は、血で染まっていた。鋭い爪はすでに真っ赤で、布きれが絡みついているところもある。血は翼にもついていた。リヒトを引き渡せばよかったのに、ここまでしてしまえば言い逃れなどできない。特権階級といえど、警察隊を襲って大怪我を負わせた罪を問われるだろう。下手すれば投獄という可能性すらある。

「あんただけ逃げろって。俺は飛べないから」

「お前を置いて逃げても意味はない」

「あんたまで道連れになる必要……、――ぅんっ！」

言葉ごと唇を奪われる。

自問する。

「今さらくだらないことを言うな」

じっと見つめられ、息がつまった。特権階級に生まれたのに、道連れにしていいのかと自問する。

先ほどの告白を疑ってはいない。だが、その地位を捨てさせることとは話が別だ。

「もういい、十分だから一人で逃げてくれ。あんたの気持ちもちゃんとわかってるから」

「いいや、お前は俺の気持ちの半分もわかっちゃいない」

「そんなこと……」

「イアンになぜ子供ができないかわかるか?」

「なぜって……」

「お前が来てから、一度もイアンを抱いてない」

静かに語られる言葉を、素直には受け止められなかった。

そんなはずはない。イアンを激しく抱いた時は、声が聞こえた。農村部で襲われたあとだ。五日間、夜ごとイアンのところに行ったではないか。あの時のイアンの悦びに満ちた声は今も耳にこびりついている。そして、ドアの隙間から覗き見えた姿。

『君の……おかげだ』

あれはリヒトの前戯のおかげで二人の生殖行為が上手くいったことへの、彼の感謝の言葉だった。確かにそう言っていた。

「んなわけ……」

「俺が一方的に奉仕していただけだ。お前と出会ってから繁殖する気になれなかった。あいつも薄々気づいていた。だから俺は、イアンがいつかお前に手をかけようとするんじゃないかと警戒してた。――そうだろう？　イアン」

凜とした声が、闇を貫いた。ルークの背後にある茂みがガサリと音を立てたかと思うと、イアンが出てくる。

「僕の気持ちを知ってて、それでも彼のことを手放さないんだね」

「俺たちを警察に売るようロアに手を回したのも、お前だな」

「ああ。その子の友達だっていうし、追いつめられたら必ず頼るとわかってた。『中央』で働けるようにしてやるって言ったらすぐに喰いついたよ」

イアンはリヒトが知っている男とは別人のようだった。いつも優しげに笑みを浮かべ、ルークに対する一途な気持ちを隠し持っている。そんな印象だった。

だが、今は違う。鋭い視線には憎しみが籠められている。

「上層階級を手にかけてリヒトに殺人の罪を着せたのもお前か？」

「そうだよ。君がそいつに惚れてるって彼に密告したら、すぐに動いてくれた。ありがたかったよ。殺したのは申し訳ないと思ってるけど、僕が密告したことを知ってる人間が生きていては困るからね」

罪悪感を抱いている様子はなかった。平然とした態度についていけない。

「ケライノ地区で毒を盛ったのもお前だな」

リヒトは目を見開いた。その指摘に対してイアンは無表情を貫いていたが、それだけに彼の心が凍てついているとわかる。

「君がつき人を置くと聞いた時は、まさかこんなことになるとは思っていなかった。あの時から君は僕を抱かなくなったね。いいや、違う。抱けなくなったんだよ。すぐに萎えるようになったのは、その子を傍に置くようになってからじゃないか」

やはりイアンは本気だったのだ。本気でルークを愛していた。だからこそ、どんな手を使ってもリヒトを消してしまいたかったのだ。ケライノ地区での毒殺未遂は、ルークではなくリヒトを狙ったものだった。

「いつから僕が犯人だと気づいてたんだい？」

「神事で俺を襲った連中は、俺を生け捕りにしようとしていた。辻褄が合わない。二つの事件は別だ」

「相変わらず冷静だね。そんな君が、なぜその子が関わると冷静な判断ができなくなるんだ。普通に考えたら、護る価値なんてないだろう？」

「普通とはなんだ？　誰にとっての普通だ？」

イアンは答えず、ただ恨めしげにルークを睨んでいる。

「本当にいいのかい？　その子と一緒に破滅の道を進むんだよ。低危険種なんていくらでもいるじゃないか！」

「ああ、低危険種なんかいくらでもいる。だが、リヒトは一人だ」

イアンは哀しげに笑った。上空を仰ぎ見て大きく息を吸うと、「さよなら、ルーク」

声には出さず、唇だけでそう告げたあと再び二人を見て鋭い目をする。

「警察隊！　こっちだ！　こっちにルークたちがいる！　早く捕まえろ！」

声を張りあげて叫ぶ彼は、もうリヒトの理解できる相手ではなかった。愛した相手が手に入らないとわかったから、壊すとでもいうのだろうか。

「行くぞ、リヒト！」

弾かれたように走り出す。追ってくるたくさんの気配に、まるで狩りの獲物にでもなった気分だった。捕まれば殺される。

必死で逃げたが、リヒトは突然立ち止まった。崖だ。かなりの高さだ。飛び降りればひとたまりもない。

「ルーク、あんただけでも逃げろ！」

「馬鹿言うな。お前も一緒だ」

「でも、俺は飛べない。だから……っ」

一人で逃げてくれと訴えるが、ルークは自分の運命を受け入れたという顔をする。

「破滅するのもいい。リヒト、お前は俺に教えてくれた。生きる意味をな」

「ん……っ」

大きな翼で包み込まれ、これ以上何を言っても無駄だと悟った。

「愛してる。お前を、愛してる。お前のいない世界で一人生き永らえるくらいなら、死んだほうがマシだ」

「俺もだ、ルーク。俺も……っ」

額をつき合わせ、互いの想いを唇に乗せた。失うくらいならともに死ぬほうがいいだなんて、自分ではないようだ。けれども、紛れもなくここにある気持ちだ。ルークとなら破滅してもいい。

「こういうの、ガラじゃねぇよな。どうせなら死ぬギリギリまで抵抗してやる」

「当然だ。俺もおとなしく殺されていいとは言ってない」

駆けつけた警察隊に囲まれそうになり、ルークは羽ばたきながら鋭い爪で襲いかかった。

「翼を狙え！　僕を殺そうとした！」

イアンの声と同時に、闇にピストルの音が響く。

リヒトも服を脱ぎ捨てて鳥人に姿を変えた。飛べはしないが、翼を広げれば多少の目くらましにはなるかもしれない。銃器を持った相手に抵抗する術は、これくらいしか思いつかなかった。

ルークの美しい羽が舞う。銃弾を受けても、攻撃をやめない。だが、それも長くは続かなかった。追いつめられ、力尽きて膝をつくルークに気づき、駆け寄って寄り添う。

「ルーク！」

「そいつらを逃がすな！　なんとしても捕らえるんだ！」

イアンの声が警察隊をけしかける。手に入らないからといってそこまでするのか——怒りというより、憐れみが心を覆う。かわいそうな人だと……。

「……ルーク、出会えてよかった」

「それは俺の台詞だ。お前を愛してる」

「俺も……」

もう一度想いを口にした時、銃弾を受けて黒い羽が舞った。

「——ぁう……っ！」

全身が痺れ、躰の奥から熱いものが込み上げてくる。ここまでかと思うが、躰にさらなる異変を感じた。見えない力に引っ張られるように、翼を広げる。力が漲る。

「ぁあ……っ、……っく、……なんだ、これ……、——ぁあ……っ！」

リヒトは目を疑った。黒い羽がすべて抜け落ち、絨毯のように地面を覆っている。そして、白い羽が全身を包んでいた。上尾筒も真っ白で、繊細なレースをあしらった純白のウエディングドレスのようだ。何色にも染まらないそれは、まるでルークへ自分は他の誰のものにもならないと誓っているようにも見える。視界の隅に映る髪も真っ白だった。

警察隊の動きも止まる。すでに絶滅したとされる絶滅種(EX)と同じ姿の者が目の前に現れたのだ。どうすべきか迷っている。

「な、何をしている！　捕まえてくれ！」

「ですが……っ」

　イアンの言葉に誰も応じない。もしリヒトが本当に絶滅種なら、手を出せばとんでもない失態となる。

「どういう……こと、なんだ……」

　呆然としていると、ルークも驚きを隠せない様子で言った。

「伝説のとおりだ」

「伝説？」

「ああ、そうだ。お前にも話しただろう」

　そうだ。以前に屋敷で聞いた。人が本当に大事なものを見失いかけた時、絶滅種はその姿を現して間違いを正すだろうと……。

　あの時ルークは、絶滅の危惧がある者を護るために低危険種の命を軽んじていることへの警告かもしれないと言った。

　殺そうとしていた低危険種であるリヒトが絶滅種の姿に変化した今、彼らは何を思って

いるだろう。希少な存在を抹殺しようとしたことを、後悔しているだろうか。とんでもないことをしたと、怖れを抱いているだろうか。

だが、そんなことを警告したいのではない。低危険種はいくらでもいるが、リヒトは一人だ――ルークの言ったあの言葉を、誰もが口にできたらいいと心底思う。

「ひとまず安心だ。お前に絶滅種の可能性がある限り、手は出せないはずだからな」

ルークの言葉どおり、警察隊が武器を納めて跪いて深々と頭を下げる。そんな中、たった一人、立ったままこちらを見ている人がいた。

イアンだ。目に涙をため、歯を喰い縛りながら二人を見ている。

「イアン、すまなかった。お前の気持ちに気づかず、傷つけた。だから、こんなことをしたんだろう?」

「……ルーク」

「もっと俺が他人の気持ちに敏感だったら……。だがリヒトに罪はない。恨まないでやってくれ。恨むなら俺だ。すべて俺の責任なんだよ」

イアンは両手で顔を覆い、力尽きたように地面に跪くと声をあげて泣いた。子供のように嗚咽（おえつ）を漏らす姿を、なんとも言えない思いで見ていた。自分の命を奪おうとした相手だが、憎しみは湧かない。ルークを愛する気持ちは同じだからだ。

いつか彼の心の傷が癒えるといい。本気でそう思う。

「『中央』へ戻るぞ、リヒト。いや、リヒト様」

声をかけられ、あからさまに眉根を寄せた。リヒトが嫌がるのをわかっていて、わざと言ったのだ。ふ、と口元を緩めるルークに、頬が熱くなる。恋人になるには厄介な相手かもしれない。

「なんだよそれ。むず痒いからやめてくれ」

その時、ルークの様子がおかしいことに気づいた。顔色が悪い。

「なぁ、あんたどうかした……、――ルーク！」

いきなり倒れ込んできて、反射的に躰で支えた。自分に覆い被さる男の足元には血だまりができている。心臓に冷水を浴びたようだった。

「ルーク！　ルーク！　おい、ルークを運んでくれ！」

警察隊が駆け寄ってきて、ルークを仰向けに寝かせる。意識がないのか、呼びかけに反応しない。ようやく危機を脱したかと思えば、これだ。信じたくなくて、リヒトは何度も叫ぶように名前を呼んだ。

「おいっ、ルーク！　目を開けてくれ、――ルーク……ッ！」

ひとまず安心だ――その言葉が蘇り、首を横に振る。

ルークがいなければ、助かった意味はない。ルークを失うのなら、安堵できる状況なんていらない。追われる身のほうが、まだマシだ。

頼むから、俺から大事なものを奪わないでくれ。

リヒトは生まれて初めて、神に祈った。


いい天気だった。

ルークの部屋は窓から降り注ぐ光で満たされていた。時折聞こえる鳥の囀り(さえず)が、ゆったりとした時間を提供してくれる。いつも忙しく動き回っていることが多かっただけに、何もせず一日ぼんやり過ごす時間は贅沢だ。

リヒトはベッドの横にある椅子に座り、窓の外を眺めていた。前髪を指で摘まんで弄りながら、その色が白だと確認する。

「やっぱりまだ慣れねぇな」

あれからリヒトの髪は白いままで、羽も純白だ。何度見ても同じため、最近は諦めて鳥人の姿になるのは控えていた。純白のレースをあしらったような上尾筒は花嫁が被るヴェールそのものでなんだか恥ずかしい。

その時、コンコン、とドアがノックされ、ソフィアたちが入ってきた。相変わらず三人組はいつも一緒に行動している。

「リヒト様。ルーク様の様子はいかがですか」

「『様』はねぇだろ。やめてくれ」

ソフィアにそう言うと、彼女は唇を尖らせる。

「だって、白いリヒトなんてリヒトじゃないんだもの。なんだか高貴な人みたい」

「どこが高貴だよ」

「もっとお行儀よくしたらいいのに。本当の王子様みたいになるわ」

「めんどくさ」

ソフィアは目を丸くした。この見てくれに似合わない物言いに、夢が壊れたようだ。わなわなと躰を震えさせ、握り拳で主張する。

「リヒト、ひどい！　ちょっとくらいお上品に振る舞ってくれたっていいのに！」

「なんとかなんねぇの、これ」

「ソフィアは恋に恋するような年頃だから、仕方ないんですよ」

チャーリーの冷静な言葉に納得するが、言葉遣いに違和感がある。

「お前まで敬語使うなって」

「あ、そうだった。見た目だけは高貴なお方だからつい……」

「そんなことよりリヒト。ルーク様の様子はどうなんだ？　何か変化はないのか！」

ダレルが心配そうにルークを覗き込む。リヒトは軽くため息をついた。

「いいや、まったくだな。医者の話じゃ、とっくに目を覚ましていい頃なのに」

「王子様のキスで目覚めるかも」

「そんなことしねぇぞ～」

ぷーっ、と膨れるソフィアを見て、あかんべをしてやる。チャーリーに「ガキっぽい」と突っ込まれた。

「あ、そうだ。そろそろブラッドリー様がお越しになるわ」

「ああ、聞いてる」

このところ、リヒトはブラッドリーと頻繁に会うようになっていた。地区を越えて手を取り合い、絶滅種についての調査を行っているからだ。

白い羽を持つ者は、どの階級の者でもなり得る存在で絶滅したのではなかった。それは一部の学者が唱えていた説だったが馬鹿馬鹿しいと誰も取り合わず、広く知られることすらなかった。今回のことが、その説の裏づけになったというわけだ。リヒトは調査に全面的に協力している。ただし、人権を無視するような扱いは受けておらず、ブラッドリーが中心となって進めてくれていた。

それから一時間ほど経って、ブラッドリーが屋敷を訪れた。ルークの様子を見たあと、二人で庭を歩く。

「今日は見舞いのつもりで来たんだ。すぐに帰るよ」

「そうですか。次に俺が検査に行くのって来週でしたよね？」

「ああ、それまでゆっくりするといい。負担がかからないよう言ってある」

「助かります。ルークがまだあんなだし、極力屋敷を離れたくなくて」

「あいつはタフだから、そのうち目を覚ますよ」

ブラッドリーもルークを心配しているのが伝わってきた。眠ったままだとわかっていても、こうして足を運ぶ。

「ルークとは古くからの友人なんですよね？」

「悪友だ。信頼できる相手だよ。君の友達……ロア君だったかな。彼は残念だったね。でも、気に病むことはない。友達でも行き違いってのはあるから」

ロアのことを考えると、胸が痛くなる。『中央』で働けるようにしてやるというイアンとの約束は果たされなかった。首謀者であるイアンに利用されただけで、罪には問われないが、二度と友達とは言ってもらえないかもしれない。マキはその話を聞いて随分泣いた。

「元気出して。君がそんな顔をしてるとルークが悲しむ」

「そうですね」

「あいつが誰かに本気になるなんて初めてだし、応援したくなるんだ」

「もしかして、わざとやったんですか？」

パーティーでのことを思い出したリヒトは、まさかと思いつつも聞いてみた。すると、そのとおりだという顔で目を細めて笑う。

「……ひでぇな」

「いいきっかけにはなっただろう？　あいつが君に本気だって知ったら、けしかけずにはいられないよ。でも認めようとしないからさ。そういう時は嫉妬心を煽るのが一番だ」

確かに、その日を境に毎晩のようにリヒトの部屋を訪れるようになった。荒療治とは言うが、本当に乱暴なやり方だ。

「もしかして大変だった？」

「まぁ、大変でしたよ」

「それほど君を好きってことさ」

悪びれず言う屈託のない笑顔に、リヒトも思わず口元を緩める。憎めない人だ。

それから庭を歩きながらルークの幼少期の話を聞き、仕事があると言うブラッドリーを見送った。子供の頃の話は興味深く、近いうちにまた会いたいと思う。

部屋に戻ると、再びルークの傍に座った。そして、サイドテーブルに置いてあるものを見る。虹色の羽と黒い羽。

「まさか、あんたが俺の羽を持ってたなんてな……」

ルークの上着の中にこれを見つけた時は、驚いた。好きな相手の一部を持っていたいと思うのは、自然なことだ。示し合わせたわけでもないのに、愛を誓って交換する結婚指輪のように互いが同じことをしていたのが、少しおかしい。ルークが目を覚ましたら教えてやろうと思い、ベッドの眠り姫に目を遣った。

虹色の瞳は瞼の下に隠れているが、相変わらず高貴な印象はそのままだ。ソフィアの言葉を思い出し、立ち上がって顔を覗き込む。キスするつもりはなかったが、見ていると自然に躰が動いた。唇を重ね、瞼が開くのを待つ。だが変化はない。

「……何やってんだ、俺」

自分らしからぬ行動に呆れ、ため息をついた。しかしその瞬間、ルークの瞼が開く。

「わ！」

「俺に無断でキスをしやがったな」

目覚めのひとことにしては、はっきりした口調だった。一週間も眠り続けた男とは思えない。

「な、なんだよ。起きてたのか」

「いいや、お前のキスで目が覚めた」

ルークはむくりと起き上がると、何事もなかったかのようにベッドから降りた。ざっくりとしたコットンのシャツは膝ほどまである長さで、いかにも病人という格好だ。それなのに、どこか堂々としている。自信に満ちた者が持つ空気といったところだろうか。

「怪我したんだよ。結構な血の量だったぞ」

「どこがだ。さっきまで眠ったままだったくせに。医師を呼んでこさせる」

部屋を出ようとして、手を摑まれる。

「もう大丈夫だ」

「大丈夫だと言ってるだろう。俺を誰だと思ってる？　いいからこっちに来い」

思いのほか強い力で引き寄せられ、すぐに観念した。するとルークはベッドに腰を下ろし、隣に座れと二度そこを叩く。従った。

リヒトは前を見たままだったが、視線が注がれているのがわかり、いたたまれなくなる。

「何見てるんだよ」

「いつからだ？」

「え？」

「いつから、俺の羽を持っていた？」

ギクリとした。自分から言うつもりだったが、こうして先に指摘されると急に恥ずかしくなる。あんなところに並べて置いておくんじゃなかったと、後悔した。

「お前も大事に持っていたんだろう？」

「ああ、祭りのあとにあんたが襲われた時だよ。洞窟に隠れて、足跡を辿られないために拾って……その……なんていうか、そのまま……」

「俺はお前が庭で蛇を捕まえた時だ」

自分のほうが先だぞ、とばかりに流し目を送られて心臓がトクトクと鳴る。惚れたのが先だというのが、むしろ自慢げだった。ルークを直視できなくなる。

「俺たちは気持ちを自覚する前から、愛を誓い合っていたんだな」

静かだが、熱い視線はリヒトの心の奥にある想いを刺激する。どんなに視線を感じても頑なに前を見ていた。けれどもそれもたったのひとことで崩れてしまう。

「綺麗だ」

「……っ！　あ、あんたな、恥ずかしげもなくよくそんなことを……っ」

立ち上がって抗議したが、それがいけなかった。視線が合い、思わず一歩下がる。顔が熱くてたまらない。湯気が出そうだ。

「本当のことを言って何が悪い。綺麗だと思うからそう口にした」

「う……っ」

ここは感情的になるなと自分を戒めて座り直すが、ルークの攻撃は止まらない。

「だが、黒い髪も好きだった。あの姿が見られないのは少しもったいない。黒い翼も気に入っていた」

「わかった、もういいって」

「瞳は黒いままなんだな。白い髪とよく合う」

「わかったって！」

「光に当たった部分が銀色に輝いてるぞ。艶があってただの白髪じゃないところもいい。睫まで色素がなくて、透明感があって不思議な色だ」

口にするものすべてが称賛の言葉で、耐えがたい気持ちになる。これは多分、ある種の拷問だ。素直になれないリヒトを言葉で責めている。

「下の毛も白いのか？　見せてみろ」

「冗談じゃねぇよ！　この変態」

「勿体ぶるな。どうせいずれ見ることになる」

「勝手に決めるなよ。なんでいずれ見るってわかるんだ」

「俺が本気で口説くからな。リヒト、お前を愛してる。また会えてよかった」

「あんた……眠ってる間にキャラ変わったんじゃねぇの？」

ルークがこんなふうに自分の気持ちをストレートにぶつけてくるなんて、信じられなかった。抗っても無駄だと観念し、何を言われても聞き流すしかないともう一度ベッドに座る。はぁ、と息をついてルークに目を遣り、じんわりと噛み締めた——ルークの瞼が開いている。二度と開かないかもしれないと不安に駆られたことは、何度あっただろう。

「ところでどうなってる？　俺はどのくらい眠ってた？」

リヒトはここ一週間の出来事を話して聞かせた。

イアンが逮捕され、現在警察に拘束されて取り調べを受けていること。リヒトの容疑は晴れ、無罪放免になったこと。絶滅種と思われていた白い羽はどの階級の者でもなり得るという学説が注目され、調査が開始されていること。調査に自分も協力していること。

「大丈夫だよ。人体実験みたいなことはされてねぇから。ブラッドリーが率先して動いてくれてる。調査も四つの地区が協力して行ってるみたいだ」

「そうか……。それならいい。俺も寝ていられないな」

「少しは休めって。まず体力を戻してからだろ？」

「そうだな」

会話はそこで途切れた。何を話していいかわからず、言葉を探す。まだぎこちないやり取りしかできない。

「触っていいか？」

「！」

手を伸ばして髪に触れてこようとするルークに、耳まで赤くなった。

「聞く前に触ろうとするなよ……っ、あ……あんたよくそういうことを……」

冗談ではぐらかそうとしたが、真剣な眼差しに言葉が出なくなる。静かだが熱い視線を注がれ、今は自分も素直になるべきだと覚悟した。いつまでも隠しておける気持ちではない。

顔を傾けながらゆっくりと唇を寄せてくるルークに誘われるように、リヒトも目を閉じた。すると、唇に柔らかいものが触れる。

「ん……」

ちゅ、と音を立て、軽く重ねられた唇はすぐに離れた。目を開けるが、またすぐにルークの気配が近づいてきて再び目を閉じる。また唇を奪われた。

ちゅ、ちゅ、と軽く吸うだけのキスを何度も繰り返していると、気分が昂(たかぶ)って心臓がトクトクと鳴る。

「ん……、ん、ん、んんっ」

物足りなくて唇を開くと、いきなり舌が入り込んできた。蹂躙するように振る舞うルークのそれは、いとも簡単にリヒトから理性を奪い去る。

「ぁ……ん、ぅん……っ、んんっ」

欲しかったものを与えられ、思わずルークの首に腕を回していた。するとさらに深く口づけてくる。抱き締められ、抱き締め返した。熱い吐息が二人の気持ちが同じだということを表している。

「んんっ、ぁ……ん、ルー……ク、……ルーク……、ぅんっ」

「今すぐお前が欲しい」

「……っ、ば、馬鹿……、何、言って……」

逃げ出したくなるのは、なぜだろうか。逃げ腰のリヒトをリードするようにルークは優しく、だが抵抗を許さない言い方でベッドに誘う。

「ほら、来い」

逃げられないと観念し、リヒトは黙って従った。

下半身が熱に包まれていた。

リヒトは声を出すまいと、必死で手の甲を自分の唇に押しつけていた。それでも溢れるものは隠しきれず、今度は指を噛む。

生まれたままの姿になった二人は、光で満たされた部屋で互いを求め合っていた。

「んぁ、……はぁ……、ぅん、……んっく、んぅ……」

ルークの頭が自分の股間のところで動いているのが視界の隅に映っていて、自分はなんてはしたないのだと、これまでにない羞恥に身を焦がした。

いつも自分がしてきたことを、ルークにされる。

想像しただけで躰の中心ははち切れんばかりになり、先端からは透明な蜜が溢れる。

「はぁ、……っく、……も……っ、いい……って、……十分、……っ」

「まだだ」

これまで奉仕する側にいたリヒトは、これほどの快楽があったのかと驚きを隠せなかった。ルークの舌は中心に絡みつき、くびれや裏筋をつぶさに刺激する。躰がビクンと跳ねるたびに唾を呑み込んで耐えようとするが、刺激を受け続けているとそこはますます敏感になっていった。

「ぁ……あんた……いい、のかよ……っ、こんな……っ」

「俺は愉しいぞ」

顔を上げたルークはサイドテーブルの抽斗を漁り、手に収まるほどのケースを取り出した。それの中身を指で掬い取り、後ろに手を伸ばしてくる。

「あ、ちょ……っ、待てって……、──んぁあ……っ」

いきなり蕾を刺激され、戸惑いの中で息を呑んだ。ルークの表情は冷静だが、目許に浮かぶ微かな紅潮は興奮の証しだった。

「ぁ……ッふ、……ぅう……ん、……っく」

長いルークの指。特権階級として生きてきた男の手が自分の後ろを嬲っているかと思うと、それだけで心が濡れた。ルークはこんなことをして本当に愉しいのだろうかと考えてしまうが、目許の紅潮は次第に目つきにまで現れる。

僅かな反応も見逃すまいと凝視してくる視線は少しばかり怖くもあるが、自分への想いの強さだと感じることもできた。見られるのは恥ずかしいのに、見たいというルークの気持ちが嬉しい。

「奉仕するのも、案外興奮するもんなんだな」

はぁ、と熱い吐息を漏らしながら、ルークは情欲に満ちた目でリヒトを眺めていた。自分が与える刺激に対してリヒトがどんなふうに反応するのか、全部見たいのだろう。

「奉仕、すんの……初めてじゃ、ねぇだろ」

イアンのことを思い出して思わずそう口にするが、ルークは恥ずかしげもなく言う。

「好きな相手に奉仕するから愉しいんだろうな」

ふ、と笑った表情はたまらなくエロティックだった。これから何をしてやろうかと、舌なめずりしているようにも見え、危機感は甘い期待となってリヒトの心を満たした。

何をされるのだろう。どんな恥ずかしいことを強いられるのだろう。

相手が目の前の男なら、何をされてもいい。いや、されたい。ひどいことも恥ずかしいことも、されたいのだ。それなのに素直に言葉にできずに反発してしまう。

「み、見るなって……っ」

「見られるのは嫌か?」

そんなはずはないだろう、とばかりに口元を緩めるルークに反論できなかった。

すっかり見抜かれている。後ろを嬲る指に夢中になっていることを。吸いつくように収縮する蕾は、はしたない欲望をこの胸の奥に宿らせている証拠だということを……。

「ここはどうだ？」

「ぁ……っ」

「ここは？」

「ぁあ……っ」

「こっちはどうだ？」

「んぁ……っ、……い、いちいち……っ、聞く、な……、んぁぁ……ぁあ……っ！」

指で奥を刺激されて、啼かされる。目許に欲情の証しを浮かべるルークは、たまらなく色っぽかった。自分のあられもない姿がこんな顔にさせているのかと思うと、心が満たされていく。

「嵌まりそうだよ」

「ん……っ」

口づけられ、それに応えた。まどろみのような優しいキスにうっとりなるが、そう簡単には許してくれない。指を増やされ、より強い刺激を与えられる。

「ば、馬鹿……っ、いきなり……、ん……っく、……ぁあ、……ぁ……あ……ぁ」

つま先が痙攣(けいれん)したようになり、指で促されるまま声を漏らした。どうすればリヒトが啼くのか要領を得たらしく、ルークからは余裕が窺えた。

「きゅんきゅん締めつけてきてるぞ」

潤滑油を足され、尻はヌルヌルになっていた。滑りがよくなったそこは拒むこともできず、与えられたものをそっくりそのまま呑み込むだけだ。

「俺が欲しいか？」

「も……勘弁、して……くれ」

「欲しいと言え」

「あ！」

耳朶に噛みつきながら言われ、抵抗など無駄だと観念した。声を殺しても、目の前の男にはすべてお見通しだ。

「ほら、ちゃんと言わないと終わらないぞ」

意地悪な男は、獰猛(どうもう)な息遣いとともにその言葉を注いだ。

「ほ、欲し……い」

「もう一度」

「……っ」

「もう一度だ」

「あんた……ほんと、……性格わる……、——ぁあッ！」

「もう一度聞きたい」

真剣に囁かれた言葉に、本音が引きずり出される。

「……欲しい、早く……欲しい」

すでに変化しているものをあてがわれた瞬間、息を呑んだ。いつになく雄々しくそそり勃つそれは、柔らかく解(ほぐ)れたリヒトの蕾を押し広げる。

「ぁあっ、あっ、あっ、あっ、あっ！」

思わずにじり上がるが、逃げ場などなかった。ルークの強引な侵入に戸惑いながらも、悦ぶ心はそれを受け入れようとする。

そして、一気に腰を進められ、悲鳴にも似た声をあげた。

「――ぁぁぁあああああ……っ！」

喉の奥から溢れる本音はルークを調子づかせたようで、いきなり前後に揺すられる。

「あ、あ、やっ、待……っ、ぁあっ、ルーク……ッ、――ルーク！」

逞しい腰使いで責められ、リヒトは声を押し殺すこともできなかった。激しくも甘い責め苦に対して、なされるがままに身を差し出すだけだ。

「んぁっ、んぁっ、んぁっ、あ、あっ！　やぁ……っ、ルーク！　ああ、ルーク！」

何度その名前を口にしただろうか。

信じられない。

気持ちよくって、よすぎて、どうにかなってしまいそうだ。これほどの快楽を知っていいのかと、怖くなる。

「こんなもんじゃないぞ」

膝を肩に担がれて尻を浮かされると、奥を突き上げられた。動物的なルークの腰使いは、深い愉悦の沼にリヒトを沈めていく。枕を摑み、されるがまま脚を開いて後ろでルークを受け入れた。

あまりの激しさについていけない。許してくれと懇願したが、それはルークの欲望をさらに刺激したにすぎなかった。

「まだだ」

「も……無理、……だって……、……っ」

「じゃあ、先にイくといい」

「……っ！　──ぁぁああ……っ！」

次の瞬間、リヒトは白濁を放っていた。射精を許すというような特権階級だからこその言い回しが、心にグッときたのかもしれない。

長かった責め苦から解放されて息をつくが、それだけで満足しないのか今度は翼を見せろと要求する。

「なんで、だよ……っ」

「断れると思うな。俺はまだ射精してない」

「あんた……ほんと、最低だな」

「かわいい声で言われてもな」

「んあぁ……っ！」

中から出ていかれ、俯せにされたかと思うと再び指で後ろを嬲られる。雄々しいもので散々掻き回されたあとでは物足りなく感じたが、すぐに間違いだと気づく。巧みに指を使って中を刺激され、腰が抜けそうなほど蕩（とろ）けた。

「んあぁ……、はぁ……っ、……ルーク……、頼むから……、……んぁぁ……ぁ……」

全身が痺れ、手足までそれは広がる。肌がざわつき、白い羽が両腕を覆い出した。意識して姿を変えようとしていないのに、快楽に誘われるようにリヒトの姿は徐々に変わっていった。

「ど……して、見たがるん……だよ……っ」

「お前のすべてを見たいからだ」

「う……っく、ふ……っ、ぅ……ん」

堪えるが、そういうつもりならと容赦なく指を使われる。

「はぁ、待てって……っ、待……っ、……んぁあ……っ」

熱いものが躰の奥から突き上げてくるような感覚があり、それは全身へ広がった。これ以上隠しておけないと観念した瞬間、バサバサ……ッ、と音を立てて両腕は翼へと姿を変える。

「あぁ……、あ、……あぁ……ぁ」

髪を掻き分けるように冠羽も出現し、完全に鳥人の姿になった。

「美しいな、お前は……」

ため息交じりに囁かれた言葉に耳を塞ぎたくなるが、両腕は翼に変化していてできそうにない。ベッドの上に自分の上尾筒が広がっているのを見て、唇を噛んだ。

だから嫌なのだ。白いウエディングドレスを纏っているようで、そんなガラじゃないと言いたくなる。

「白い羽が嫌か？」

「嫌って……いうか……、……っく」

「俺は白でも黒でもいい。お前には、どちらも似合っている」

そう言うとルークもまた、鳥人の姿に変わった。鋭い爪を持つ足でやんわりと背中側からのしかかられ、屹立をあてがわれる。

「ああ……ぁ、――ぁあ……っ！」

十分に慣らされたそこは、易々とルークを受け入れた。根元まで収められると、吸いつくように締めつけてしまう。無意識に尻を高々と上げてさらに深く呑み込もうとする自分を抑えられなかった。

「ぁあ、……んぁ、……っく！」

広げたリヒトの翼に虹色の翼が覆い被さる。虹色の羽はやはり美しかった。王の貫禄すら感じ、自分がこうして後ろから押さえ込まれ、欲望を注ぎ込まれるのは当然という気持ちにすらなった。

そして何より、この姿では手が翼と化していて自由が利かないため従うしかない。巧みに自分を組み敷くルークに、どこでそんな技を覚えたんだと訴えたくなった。

「ぁ……、何……っ、——んぁぁあ……っ！」

まるで二人の姿を隠すように、繋がったままルークが上尾筒を広げたのがわかった。さらに、広げたそれを震わせ始める。共鳴するように、全身が震えた。

「んぁ、あ、ぁ……あぁ……、あ、……ぁああ……ぁ」

ゾクゾクと甘い戦慄が何度も走り抜け、涙が溢れた。声を出すまいとしても、自然に唇が開いて喘いでしまう。唇の端から唾液が伝って落ち、虚ろな目で注がれる愉悦をただ貪るだけだった。

聞いたことがある。

クジャクは雄が上尾筒を広げて振動させ、遠隔で雌の冠羽を共鳴させるのだと……。求愛行動の一つだ。クジャクと人をかけ合わせたといわれている自分たちに、それと似たシステムが躰に組み込まれていてもおかしくはない。しかも、愛撫のように作用している。

「ぁ……っ、……ひ……っく、……ぅう……ん、んっ！　はぁ……っ」

「……ル−……ク、……ぁ……ひぅ……っ、ぅん……ぁ、……俺、……も……」

「リヒト、愛してるぞ」

「誰にも渡さない。俺だけの……ものだ」

独占欲を見せつけられるほど、悦びは大きくなる。ルークを深く呑み込んだまま、リヒトは何度も全身を震わせた。それがルークによるものなのか、快感が呼ぶ震えなのかわからないが、二人が紡ぐ行為に溺（おぼ）れていく。

そして、ひときわ大きな振動を感じたかと思うと、ルークの腰つきは激しくなった。

「ぁあ、あ、あ、……ぁあっ！」

「俺も……、……イく」

「んぁっ、あ、……早、く……、早く……来てくれ……、……はやく……っ」

鋭い爪を持つ大きな足に膝を摑まれ、シーツに押さえつけられると容赦ない抽挿が始まった。時折羽ばたきながら、さらに奥を突き上げてくる。虹色の羽と白い羽が同時に舞った。幻想的な光景だ。

「……ル−ク……ッ、……そこ、そこ……っ、んぁっ」

「ここか……っ？」

「そこ……っ、も、……も……、イく……っ、——んぁぁぁああ……っ！」

迫り上がってくるものを堪えきれず、リヒトは二度目の射精に身を任せた。激しくリヒトを責め立てていたルークも小さく呻いたあと、腰を押しつけながら中に放つ。

「——っく！」

ルークが爆(は)ぜた瞬間を感じた。熱い迸りを腹の奥で味わい、満たされていく。

「ぁ……っふ、……っ、……はぁ……っ、……はぁ」

脱力した途端、ルークも翼を広げたままぐったりと躰を預けてきた。まだ熱の冷めぬ吐息が耳元にかかる。艶やかな羽が二人を祝福しているようだ。

「リヒト、……愛してるぞ」

掠れた声で言われ、目を細めた。何度口にされてもいい言葉だ。そして、何度も口にしたい。

「俺も……、俺も、愛してる」

顔を擦りつけ、二人はしばらく互いの体温を感じていた。

ルークの屋敷の前に馬車が停まった。

上空に広がる青空には雲一つなく、明るい未来を示唆(しさ)するように爽やかな風が吹いている。小さな躰に花粉をつけたミツバチが、風に乗るように飛んでいく。

馬車の扉が開くと、白い髪の青年が降りてきた。髪には艶があり、光の当たり具合で銀色に輝く。睫も色素が薄く、まるで地上に天使が降り立ったような姿だ。だが、ひとたび口を開くと、印象はガラリと変わる。

「ただいま～」

「お帰りなさいませ、リヒト様」

「だからリヒト様はやめろっつってんだろ。いつまでも学習しねぇな」

「ひどーい。少しくらいつき合ってくれたっていいでしょ」

「王子様ごっこはお断りだ。そもそもな、王子様とお姫様じゃなくてなんで王子様と使用人をやりたがるんだ？」

「だってー、わたしの心はルーク様だけのものだもん」

いつものようにプーッと膨れると、ソフィアはリヒトの斜め後ろをついてくる。

チャーリーが出てきて、荷物を運ぶと手を差し出してきた。数日分の着替えが入っているだけの鞄を渡すと、頭に乗せる。

「お帰りなさい、リヒト」

「お帰りリヒト！　お茶の用意ができてるぞ。お腹空いてるだろ！」

相変わらずダレルはどこか威張っていた。だが、リヒトが帰ってくる時間に合わせてお茶を用意するなんて気が利いている。屋敷の奥へ入っていくと、ちょうどルークが部屋から出てきたところだった。

「ただいま、ルーク」

「お帰り。どうだった？」

「ま、別に普通。いろいろ検査されただけで、時間を持て余したくらいだよ。学者ってのもたいしたことねぇな。わからないことだらけだってさ」

「そうか。次は来月だな」

一緒にダイニングルームへ向かい、テーブルについた。用意されていたのは紅茶のポットとマフィンなどの軽食だ。リヒトが気に入っているスコーンもある。

「あ、お兄ちゃん。お帰り」

マキがダイニングルームに入ってきて、空いた席に座った。ソフィアの隣だ。二人は顔を見合わせると「うふふ」と笑う。ロアの裏切りで随分落ち込んでいたが、いい友達ができたおかげでなんとか乗り越えられそうだ。

「ねぇ、マキちゃん。あとで刺繡（ししゅう）を教えてあげる。ルーク様にお時間をいただいたの」

「嬉しい。あの綺麗なハンカチ作ってみたい。ルーク様、お時間いただいて感謝してます」

「お前たちが夜中に部屋を行き来してるのを見たからな。もう夜更かしはなしだ」

「はい」

リヒトだけではなく、マキもこの屋敷に住んでいた。母は病気の治療のために入院しているが調子はよく、近々退院できるという。何もかもがいい方向に転がっていると言っていいだろう。けれども、乗り越えなければならないものは山ほどある。

誰もが白い羽に変異する可能性があるからといって、階級制がすぐに撤廃されるとはいかなかった。いまだ反発する者も多い。特権階級の子作りの責務も、なくなったというわけではない。それでも、貧民街にいる者に職を与えようという動きが進んでいるのは、喜ばしいことだった。

「ねぇ、マキちゃんは本当にお屋敷を出ちゃうの？」

ソフィアが少し寂しそうな顔で言った。妹は来週から市街地のパン屋で働くことになっている。マキが希望の職に就けたのはルークのおかげだ。

「だって住み込みだもの。お休みはちゃんといただけるから、遊びに来られるわ」

涙ぐむソフィアをマキが笑いながらギュッと抱き締める。それを見て、リヒトも自分の不満を口にせずにはいられなかった。

「ソフィアはまだしも、俺は兄貴だぞ。なんでマキと一緒に住めないんだ？」

「言ったでしょ。住み込みよ。お兄ちゃんの寝るところはないもん」

「誰だって白い羽に変わる可能性はあるんだろ？　なんで俺だけここに……」

「そこまで！　お兄ちゃんはあたしたちのことばっかり考えすぎなのよ。いつまでもお兄ちゃんに頼ってるわけにはいかないの！　パン作りを習えるのよ。あたしの作ったパンもいつかお店に出せるかもしれないわ」

マキの目はキラキラしていた。仕事を見つけ、目標を持つようになり、輝いている。艶がよくなったのも、単に栄養状態が改善されたからではない。それ以上に、希望が彼女を美しくしていた。生き生きした姿が人を魅力的に見せる。

「それにお兄ちゃんには大事な仕事があるでしょ。ねぇ、ルーク様」

「そうだ。上の者たちを変えるには、外から口を出しても駄目なんだ。お前がその羽の色を利用して上の人間とやり合うことが必要なんだよ」

そう言って、紅茶のカップを口に運ぶ。自分の役目は十分理解しているが、自由気ままに生きてきたリヒトには少々窮屈だ。

「あ～あ、めんどくさ。仲間と悪いことしてた頃が懐かしいよ」

「今してみろ。逮捕させるぞ」

「冗談だよ。本気にするなって」

「俺も冗談だ」

真面目な顔で紅茶を啜るルークを恨めしげに見た。ソフィアとマキが笑っている。

お茶の時間を楽しんだあとは、部屋に戻って出かける準備を始めた。今日はこのあとルークとともにケライノ地区へ行く予定になっている。地区の垣根を越えて、同じ考えの者同士これからのことについて話し合いの場を持つのだ。

ベッドに荷物を広げているとドアがノックされ、ルークが入ってきた。

「準備はできたか？」

「まだだよ。あと三十分もあるだろ」

何か用かと言おうとして、言葉を呑んだ。じっとこちらを見ている。

「お前がいたら、なんでも乗り越えられる」

意外な言葉だった。階級制で成り立つ世界を変えようとしているが、その重圧がのしかかっているのかもしれない。貧民街にいたリヒトとは、抱えているものが違いすぎる。

「なんだよ。不安なのか？」

「俺が？　冗談はよせ」

そう言ってルークはリヒトが広げた荷物の上に仰向けになった。

「あんたさ、準備の邪魔しに来たの？」

「そうだ」

「あ、あのなぁ！」

「このところ忙しかったからな。お前を抱きたいんだよ、鈍感め」

手首を摑まれ、優しく引き寄せられた。促されるままルークに跨がり、上から端正な顔を見下ろす。

「今から出かけるんだけど？」

「その気にさせて強引に……って手もある」

鳥人の姿になるつもりかと、思わず身構えた。ルークが上尾筒を震わせると激しく反応することは、十分自覚している。

「あんたね……」

「強引なのが嫌なら素直にキスされろ」

「脅迫すんのかよ」

そう言いながらも、リヒトはルークのキスを受け入れた。躰を反転させて体重を乗せられても、抵抗はしない。

「ん……」

「少しずつでいい。変えていくぞ」

「そ、だな、……ん」

髪を梳かれ、上から眺められ、何度もキスをされる。

疲れていたのか、こうしていると気分がリラックスしてきて、もう少しこのままでいたくなった。自分を見つめる眼差しに僅かな情熱を感じ、愛されていると確信できる。

「世界が変わったら……贅沢な暮らしは、……ん、できなく、なるかも……」

「お前が一緒ならどこでも生きていける」

ストレートな言い方に、思わず笑った。敵わない。

自分の愛した相手はこういう男だったと改めて確認し、下から見つめた。手を伸ばして頬に触れると、手を取られて指にキスをされる。

「俺もあんたがいたらどこでも生きていけるよ」

リヒトの言葉に触発されたのか、ルークは先ほどより少し情熱的に唇を重ねてきた。

あと三十分。いや、準備の時間を考えると二十分。時間いっぱいルークを抱き締めているのも悪くない。

リヒトは広い背中に腕を回し、その存在を全身で感じた。

# あとがき

あとがきの時間がやって参りました。さて、今日は何を書きましょう。

鳥が好きです。（それだけかい）

なぜあとがきになるとこんなにも構えてしまうのでしょう。もう少し気軽に書けばいいのに……。笑いを取らなければ、なんてどこかで思っているのかもしれません。

お前は芸人か。

えー、今回はレッドリストを見ていて閃いたお話です。動物とか鳥を調べている時になんとなくレッドリストを見ていたら、階級制と繋げたら面白いんじゃないかと……。

階級と言えばオメガバース。最近書いたばかりですが、結構嵌まってしまったものですから、また身分差のある恋愛ものが書きたかったんだと思います。

あと、絶滅危惧I種（CR+EN）というのが妙に萌えました。表記に萌えたのです。

なぜ萌えたのか――。

理由は不明です。萌えに理由などありません。そこに萌えがあるから萌えるのです。

山があるから登るのです。猫がいるからモフるのです。

なんとなくおわかりかと思いますが、どうにか行を埋めようと必死でございます。

えーっと、どうしましょう。そういえばカタカナの名前を覚えるのが苦手です。ですので、カタカナの名前のキャラを書くのはめずらしいです。名前一つ決めるのにものすごく時間がかかりました。ちなみにルークはルークではありませんでした。最初はなんだと思います? 当てたら私がこれから出す一生ぶんの本すべて無料でプレゼントします。と書いていて、校正漏れでどこかに名前が残っていたら恐ろしいことになりますね。ふふ。

変な想像をしてしまいました。もちろんプレゼントは冗談です。

それでは、イラストを描いてくださった奈良千春(ならちはる)先生。いつも素敵なイラストをありがとうございます。美しい男たちにうっとりしました。

そして担当様。いつもご指導ありがとうございます。これからも宜しくお願いします。

最後に読者様。あとがきまで読んでいただきありがとうございます。この本が皆様に楽しいひとときをご提供できていれば幸いです。

中原一也(なかはらかずや)

中原一也先生、奈良千春先生へのお便り、
本作品に関するご意見、ご感想などは
〒101-8405
東京都千代田区神田三崎町2-18-11
二見書房　シャレード文庫
「虹色の翼王は黒い孔雀に花嫁衣装をまとわせる」係まで。

本作品は書き下ろしです

# 虹色の翼王は黒い孔雀に花嫁衣装をまとわせる

【著者】中原一也

【発行所】株式会社二見書房
東京都千代田区神田三崎町2-18-11
電話　03(3515)2311［営業］
　　　03(3515)2314［編集］
振替　00170-4-2639
【印刷】株式会社 堀内印刷所
【製本】株式会社 村上製本所

落丁・乱丁本はお取り替えいたします。
定価は、カバーに表示してあります。




ISBN978-4-576-20074-3

https://charade.futami.co.jp/

今すぐ読みたいラブがある!

## 中原一也の本

今度はどっちの姿でしょうか

# 白銀のオオカミと森のお医者さん

イラスト＝奈良千春

人間社会に疲れた獣医の岡村は、先祖から受け継いだ山で動物のための診療所を開く。そこは獣人が住む山だった。普段は可愛い動物の姿で、縄張り争いとなると血気盛んな獣人オヤジたち。中でも白銀のオオカミの牙狼は「俺と子作りしよう」と岡村を口説いてきて…!? 白銀の狼×獣医のドキドキ動物パラダイス☆